喵博士讲希腊神话

伊阿宋与金羊毛

何敏 叶可昕 李享 ◎著

图书在版编目（CIP）数据

喵博士讲希腊神话.伊阿宋与金羊毛/何敏，叶可昕，李享著.—合肥：安徽少年儿童出版社，2019.8（2022.1重印）

ISBN 978-7-5707-0496-5

Ⅰ.①喵… Ⅱ.①何… ②叶… ③李… Ⅲ.①神话-作品集-古希腊 Ⅳ.①I545.73

中国版本图书馆CIP数据核字（2019）第115086号

MIAOBOSHI JIANG XILA SHENHUA YIASONG YU JINYANGMAO
喵博士讲希腊神话·伊阿宋与金羊毛　　　　何敏　叶可昕　李享 著

出版人：张堃	策　划：黄馨	责任编辑：何正国
责任校对：黄馨	责任印制：郭玲	绘　图：刘丽
装帧设计：侯建		

出版发行：时代出版传媒股份有限公司　http://www.press-mart.com
　　　　　安徽少年儿童出版社　E-mail：ahse1984@163.com
　　　　　新浪官方微博：http://weibo.com/ahsecbs
（安徽省合肥市翡翠路1118号出版传媒广场　邮政编码：230071）
出版部电话：（0551）63533536（办公室）　63533533（传真）
（如发现印装质量问题，影响阅读，请与本社出版部联系调换）

印　　制：阳谷毕升印务有限公司
开　　本：635 mm×900 mm　1/16　印张：11.75　字数：90千字
版　　次：2019年8月第1版　2022年1月第3次印刷
ISBN 978-7-5707-0496-5　　　　　　　　　　　　定价：36.00元

版权所有，侵权必究

目录

伊阿宋与金羊毛·穿一只鞋子的人 ………1
  跟着名著去探秘　你还知道其他关于半人马的故事吗 ………9

伊阿宋与金羊毛·会飞的金山羊 ………15
  跟着名著去探秘　金羊毛的有趣传说 ………22

伊阿宋与金羊毛·海上历险记 ………26
  写故事的魔法棒　鹤立鸡群，这全是对比的功劳 ………33

伊阿宋与金羊毛·解救预言家 ………37
  写故事的魔法棒　我有个问题想问问你 ………44

伊阿宋与金羊毛·偶遇四兄弟 ………48
  跟着名著去探秘　你知道多少女儿国 ………56

伊阿宋与金羊毛·美狄亚的心事 ············60
　　写故事的魔法棒　你知道狼心狗肺的故事吗
　　············67

伊阿宋与金羊毛·公主的魔药 ············71
　　跟着名著去探秘　弥诺斯迷宫是真实存在的吗 ············78

伊阿宋与金羊毛·伊阿宋的壮举 ············85
　　跟着名著去探秘　"警报"的英文"siren"，竟是女妖的名字 ············94

大力士赫拉克勒斯·英雄的身世 ············100
　　写故事的魔法棒　这几个成语你学会了吗
　　············107

大力士赫拉克勒斯·英雄的选择 ············112
　　跟着名著去探秘　你知道埃及的狮身人面像吗 ············121

大力士赫拉克勒斯·智取金苹果 ……126
　　跟着名著去探秘　希腊神话里的"擎天柱"
　　　　……135

大力士赫拉克勒斯·征服地狱恶犬 ……139
　　写故事的魔法棒　这几个成语你学会了吗
　　　　……149

木马计（上） ……154
　　写故事的魔法棒　怎样"凑字数"才能不被老师批评 ………162

木马计（下） ……167
　　跟着名著去探秘　"特洛伊木马"后来变成了什么意思………178

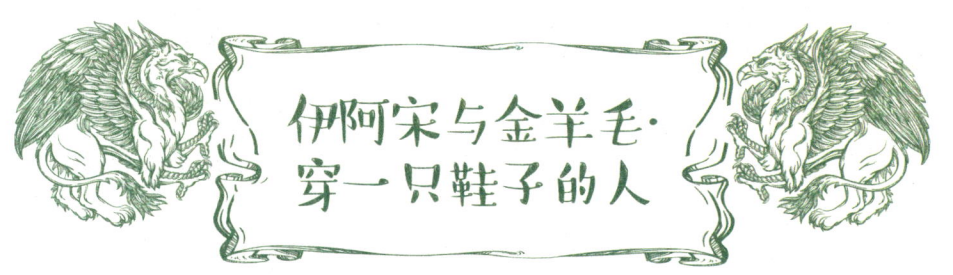

伊阿宋与金羊毛·穿一只鞋子的人

在希腊的一个国家，有位贤明的国王叫埃宋，把国家治理得井井有条。但国王有个弟弟，一心想要争夺王位。弟弟用尽了各种阴谋诡计，最后终于成功篡夺了哥哥埃宋的王位。这个弟弟叫作珀利阿斯。

珀利阿斯心狠手辣，他担心哥哥报复，不仅想要杀死哥哥，还想杀死哥哥的所有孩子。要不是他们的母亲拼死阻拦，哥哥埃宋恐怕早已死在弟弟的刀下了。埃宋有一个儿子叫伊阿宋。为了保住这个儿子，埃宋在孩子很小的时候，就悄悄地把他送给了别人抚养。就这样，可怜的伊阿宋才留下了一条性命。

话说弟弟珀利阿斯当上国王以后，日子过得并不舒坦。他收到了一道神谕，警告他日后要提防穿一只鞋子的人，因为这个人会从他手里夺走王位。可是，哪有人会只穿一只鞋？珀利阿斯百思不得其解，因为这道神谕，他担惊受怕，惶惶不可终日。

时间就这样过去了很多年。被送给别人抚养的伊阿宋到底过得怎么样呢？他成长得很好，因为当年他被父亲托付给了一位善良而智慧的半人马喀戎。半人马是什么意思？就是说他们上半身是人的样子，而下半身却是马。这种模样是不是非常奇特呢？

半人马也叫人马或马人，这个民族是出了名的放荡和无赖，大家遇到半人马，都躲得远远的，唯恐避之不及。但喀戎这位半人马，却与他的其他族人不同。他非常善良，而且充满智慧。他琴棋书画、刀枪剑戟，样样精通；天上地下的知识，也无所不知。谁要是当了他的学生，就会成为闻名天下的英雄，哪怕只是学会了他的一样技艺，也足以受世人景仰。这位伟大的半人马喀戎很爱护伊阿宋，专门为他制订了一套训练计划，很用心地栽培他。

不知不觉伊阿宋已经二十岁了，他成为了一名勇敢无畏的年轻勇士。但他并没有忘记自己和父亲在故乡所遭受的屈辱。他一直有个未了的心愿，那就是回到自己的国家，夺回属于自己的荣誉！老师喀戎知道了他的心愿后，赞许地摸了摸他的头说："去吧孩子，为荣誉而战吧！"

于是，伊阿宋拿着两把长枪，踏上了回乡之路。有一天，他走到一条河边，一位老婆婆拦住了他，对他说："小伙子，你把老太婆我送过河吧，可不能让河水碰到我，老太婆不比你们年轻人，要是碰到河水受凉感冒了，那就一命呜呼，完蛋了。"

老婆婆的语气并不是那么和善，但伊阿宋并没有生气，反而笑着说："好啊婆婆，我把您举得高高的，这样河水就不会把您弄湿了。"他把老婆婆安全地送过河，但他的一只鞋却陷在了淤泥里。伊阿宋只好穿着孤零零的一只鞋走路。

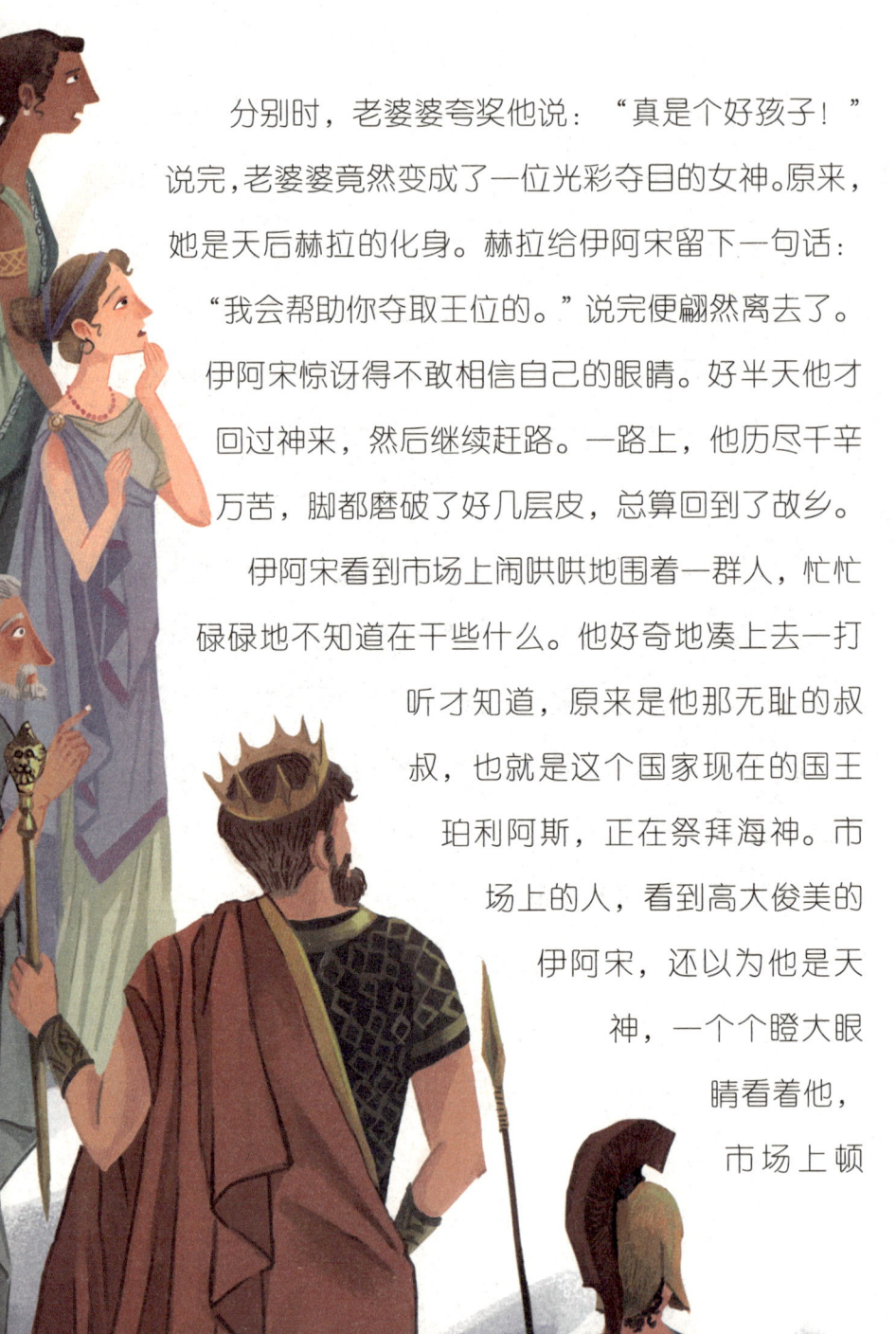

分别时,老婆婆夸奖他说:"真是个好孩子!"说完,老婆婆竟然变成了一位光彩夺目的女神。原来,她是天后赫拉的化身。赫拉给伊阿宋留下一句话:"我会帮助你夺取王位的。"说完便翩然离去了。伊阿宋惊讶得不敢相信自己的眼睛。好半天他才回过神来,然后继续赶路。一路上,他历尽千辛万苦,脚都磨破了好几层皮,总算回到了故乡。

伊阿宋看到市场上闹哄哄地围着一群人,忙忙碌碌地不知道在干些什么。他好奇地凑上去一打听才知道,原来是他那无耻的叔叔,也就是这个国家现在的国王珀利阿斯,正在祭拜海神。市场上的人,看到高大俊美的伊阿宋,还以为他是天神,一个个瞪大眼睛看着他,市场上顿时安静了下来。

　　正在祭拜海神的国王珀利阿斯觉得不对劲，周围怎么突然变得这么安静啊？他转过身，一眼就看到了光着一只脚的伊阿宋。他心头一紧，那道神谕在他的耳边响了起来。难道就是这个光着一只脚的人要夺走他的王位吗？他心底升起了一股深深的恐惧，额头上也渗出了细细密密的冷汗。但他努力镇定下来，挤出微笑，朝伊阿宋招手："这位气度不凡的少年，不知你是谁家的孩子啊？"

　　伊阿宋看到珀利阿斯头上戴着王冠，便惊讶地问："哦？你就是这里的国王珀利阿斯吗？"

国王微笑着说:"没错,我就是这里的国王。请问你叫什么名字?"

伊阿宋一字一句地回答道:"我,名叫伊阿宋,我的父亲,正是这个国家从前的国王——埃宋!"

国王珀利阿斯的身体不觉摇晃了一下,差点没站稳。过了几秒钟,他才装出一副又惊喜又悲痛的样子,冲上前去抱住伊阿宋,痛哭着说:"天哪,原来是我那可怜的侄子啊!这么多年过去了,我、我还以为你遭到不幸了呢!一想到这个,我的心就痛得不行。来人,快迎接伊阿宋回宫!"随从们连忙上来迎接伊阿宋。就这样,伊阿宋昂首挺胸地跟着他们进了王宫。

一连五天五夜,国王在王宫里大摆宴席庆祝伊阿宋的归来。到了第六天,率真的伊阿宋去找珀利阿斯,毫不掩饰地说:"国王,你也知道,我是埃宋的儿子,我才是王位合法的继承人!你的王位是怎么来的我就不说了。现在,你可以把土地、牛羊都拿去,我只要我父亲的王位和权杖!"

珀利阿斯早就预料到伊阿宋会来找他要王位。狡猾的他心里已有计策。他回答道："好啊，我答应你。但是我一直有个未了的心愿，如果你能帮我做成这件事，证明你是个英雄，我就把王位让给你。"伊阿宋满口答应了下来。

国王继续说："你知道金羊毛的故事吧，多少英雄都想得到它，却没有一个人能成功。唉，最近金羊毛的主人总是托梦给我，让我去取金羊毛。你能帮我了却这个心愿吗？"

谁都知道金羊毛是一件稀世珍宝，被藏在最危险的地方。大家都觉得，谁能夺取金羊毛，谁就是天底下最值得被景仰的大英雄。因为金羊毛不仅代表着财富，还代表着无上的力量和坚忍的意志。多少壮士好汉为了夺取金羊毛，都断送了性命。阴险的珀利阿斯就是想让伊阿宋去送死，才给他出了这么个大难题。但伊阿宋年轻气盛，一心想要建功立业，他迫切地想用自己的实力来赢回属于自己的荣誉和国家。于是，他爽快地答应了下来。

那么，金羊毛是件什么特别的宝贝呢？夺取它真那么困难吗？小朋友，我们后面再接着讲吧。

跟着名著去探秘
你还知道其他关于半人马的故事吗

小朋友,读了《伊阿宋与金羊毛》的第一篇《穿一只鞋子的人》这个故事后,喵博士要带你跟着名著一起去探索一些秘密。我们要探索的秘密是:你还知道其他关于半人马的故事吗?

刚刚的故事里,我们讲到了一位英俊勇敢的少年伊阿宋。他本来应该继承父亲的王位,但他残忍的叔叔却谋权篡位。为了安全起见,伊阿宋被父亲托付给一位善良而智慧的半人马,名叫喀戎。

什么是半人马?这是一个非常神奇的种族,他们常常出现在各种神话传说之中,有时候也被称为人马或马人。半人马的外表非常独特，他们上半身是人的模样，下半身却是马的样子。你一定对半人马这个种族非常好奇吧！今天我们就来说说关于半人马的故事。

前面提到的半人马喀戎，由于他本领高超，希腊神话中许多英雄都是他的学生！可是很不幸，喀戎后来因为意外而去世了……宙斯为了纪念喀戎，将他升入天空，变成一个美丽而耀眼的星座，就叫作人马座。小朋友可能会想：咦？人马座是什么？我怎么没听说过？那么，你有没有听说过射手座？其实，射手座就是人马座！这个星座位于银河最宽的那部分，由好多好多颗恒星组成，连起来看就像是半人马喀戎在射箭呢！旁边这张图上就是射手座。

图片来源：WikimediaCommons
发布者：MicheletB
https://commons.wikimedia.org/wiki/File:Centaurus.gif

除此之外，半人

马还藏在许许多多奇幻的故事中！小朋友爱看的《哈利·波特》中，就有一支半人马的种族，在书里也叫马人。他们有着红头发、红胡子，还有一条长长的红尾巴！而且，他们会好多好多本领，例如治疗术、预言术、射箭和天文学，有的马人还在魔法学校讲课！有一次，哈利·波特在森林中遇到了伏地魔，幸好有一位马人及时赶来救了他。他让哈利·波特骑在自己的背上，一直把他护送到了安全的地方。

此外，在中国的古老神话中，半人马也出现过很多次。《山海经》是一本很有趣的书，里面记载了许多神兽的故事，半人马英招就是其中一个。他不仅有着人的面孔和马的身体，而且身上有老虎的花纹。更厉害的是，半人马英招有一双翅膀。他常常在天空中飞来飞去，四处巡逻！

半人马除了经常出现在神话故事里，也是很多艺术家创作的灵感源泉。例如，法国著名的雕塑家罗丹，曾经在100多年前，雕塑了一尊名为《女人马兽》的雕像，现在被收藏在法国的罗丹博物馆。小朋友翻到下一页的"喵博士艺术小学堂",就能够看到这尊雕像的照片啦!

  这尊雕像的下半身是被困在泥土之中的马,上半身则是一位女子,伸着胳膊扑向远方,好像是想挣脱什么。你觉得她在挣脱什么呢?有的人说,人是高级动物,懂得思考,能够控制自己的行为,但有时候人的身上也残留着动物的特性。这就是为什么人们有时候会说:"那个歹徒真是人面兽心!"或者会说:"那个坏人兽性大发。"那么,这尊雕像是不是想说人在挣脱自己身上的兽性,想要变得更好呢?其实啊,每件艺术品背后的意义都没有标准答案。你从这尊雕像上看到了什么呢?

《女人马兽》

作者：［法国］奥古斯特·罗丹(1840—1917)，雕塑家，被认为是现代雕塑的先驱。罗丹的作品具有极强的思想性和精神魅力，启迪着人们不停地思考。

收藏地：法国巴黎罗丹博物馆。罗丹博物馆是专门为纪念罗丹而建造的博物馆，其中藏有大量罗丹的原作，包括他最著名的《思想者》《吻》和《地狱之门》。该博物馆每年接待70万游客。

作品简介：小朋友可以看一下这尊雕塑，它的下半身完全是一匹马的马身对不对？原来这尊雕塑的前身是一名法国将军的马，罗丹后来将它改造成

图片来源：Wikimedia Commons
https://commons.wikimedia.org/wiki/File:Auguste_Rodin_Centauresse_Gisell_213.jpg

了《女人马兽》，将马从头到鬐甲的部分改造成了女人的上半身，女人身子的延长部分则装饰着伸出的胳膊，展现出一副想要努力挣脱的姿态。

《半人马座》

作者：［波兰］约翰·赫维留（1611—1687），既是天文观测家，又是铜版画雕刻大师，他使用非常柔和的雕刻技法，将星图图案刻印成图，流传至今。

作品简介：要想知道某个星座长什么样，只需要把这个星座里的星星连成线就行了，但赫维留不满足于此，他以星座的布局为基点，扩展出了一幅人马狩猎的星图，非常逼真，是不是很厉害呀？赫维留共画了56幅类似的星图，把各大星座都画出来了。他创作的星图造型极为优美生动，是古典星图中的宏大辉煌之作。

图片来源：Wikimedia Commons
https://commons.wikimedia.org/wiki/File:Centaurus_hevelius.png

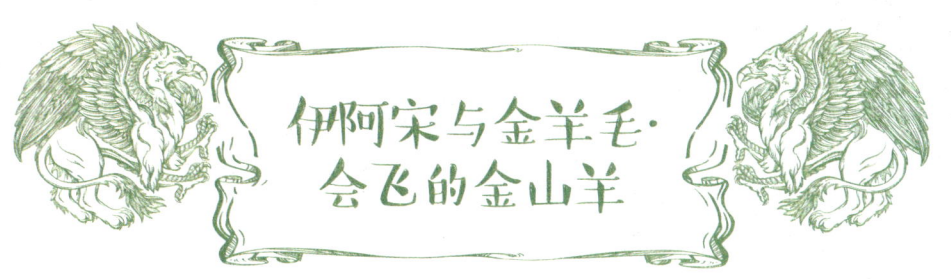

伊阿宋与金羊毛·会飞的金山羊

伊阿宋回到自己的故乡，想跟叔叔要回属于自己的王位。但叔叔却对他提了个要求，要求他把稀世珍宝金羊毛取回来，证明他是个英雄，这样叔叔才会把王位归还给他。

金羊毛到底是怎样神奇的宝贝呢？这话还得从很久很久以前说起。在遥远的另一个王国，国王和云神生了一男一女两个孩子。后来，孩子的母亲，也就是云神，不跟他们生活在一起了，国王又娶了一位新王后。新王后是一位狠毒的继母，时常虐待云神留下来的姐弟俩。特别是在新王后有了自己的孩子后，听说国王想把王位传给他和云神的儿子佛里克索斯，新王后恨得咬牙切齿，天天盘算着怎样才能把这个眼中钉、肉中刺给除掉。

终于有一天，新王后想出了一个借刀杀人的狠主意。她叫来侍女，吩咐她们去把给农民播种用的种子悄悄地烘熟。农民们把烘熟的种子种进地里，却怎么也等不到种子发芽，纷纷跑来王宫哭诉。国王赶紧派人去调查此事，但怎么也找不到原因。新王后故作忧愁地说："国王呀，这可怎么办？要不我们派人去特尔斐神庙问一问吧，在那里可以得到太阳神的神谕。"国王想了想说："唉，这样也好，你挑几个使者去特尔斐神庙吧。"

新王后挑了一批自己的心腹去当使者，交代他们要如何如何。使者们听从了她的吩咐，他们压根儿就没去神庙，而是在外面躲了起来，等到需要向国王汇报时，他们假装匆匆忙忙地赶了回来。国王焦急地询问太阳神给了什么样的神谕，使者们故作神秘地对国王编了一道假的神谕，他们说："神庙的祭司说，太阳神阿波罗告诉她，这一切都是因为您的儿子佛里克索斯王子，他命中注定是这个国家的灾星。如果要化解这场灾难，就必须杀了他。"

国王不愿意相信这么残酷的神谕。可是，眼看着饥荒越来越严重，新王后又暗中指使人把假的神谕到处散布。不明真相的民众们都以为他们是因为佛里克索斯王子才遭遇这样的灾难，一窝蜂地拥入王宫，让国王无论如何都得杀了佛里克索斯王子。国王迫于无奈，只好忍痛下令处死自己的亲生儿子——佛里克索斯。

佛里克索斯的姐姐赫勒听到这个消息，惊慌地跑去找弟弟，姐弟二人抱头痛哭，绝望地等待着死神的降临。

眼看着佛里克索斯要被押上刑场了，姐姐在边上失声痛哭。忽然，他们的母亲云神从天而降，她折断了侍卫们的武器，紧紧地拥抱着自己的孩子，并嘱咐他们说："等会儿会出现一只长着翅膀的山羊，它的皮毛是纯金的。你们要冲过去骑上它，它会带你们到安全的地方。"果然不久之后，他们面前出现了一只长着翅膀的金山羊，姐弟二人赶紧坐上金山羊的背。还没坐稳，金山羊就驮

着他们迅速地飞走了。

　　金山羊是神的使者赫尔墨斯送给云神的礼物,它飞得太快了,还没一会儿,姐姐就觉得头晕眼花,虚弱无力。忽然,她"砰"的一声掉了下去,佛里克索斯惊慌地大喊姐姐的名字,伸出手去抓她,却只抓到一团空气。后来,姐姐赫勒掉落的那片海就叫赫勒海。佛里克索斯趴在羊背上，伤心地哭了很久。

金山羊继续飞啊飞，最后落在黑海附近的一个王国——科尔喀斯。这里的国王收留了佛里克索斯，还把自己的一个女儿嫁给了他。佛里克索斯为了表示感谢，把山羊献给天神宙斯，又把金羊毛留给了国王。国王拿到这件金羊毛，如获至宝，非常珍惜。他把珍贵的金羊毛钉在一片树林里，当作献给战神阿瑞斯的礼物——这片树林就是人们献给战神阿瑞斯的。国王还收到一道神谕，说如果金羊毛保不住，那么他自己的性命也将难保。这下，国王更把金羊毛当成了命根子，派了毒龙在树林里严加看守。这位国王叫埃厄忒斯，他因为拥有了金羊毛而变得闻名世界。

这就是金羊毛的故事。金羊毛被传得神乎其神，全世界都认为它是无价之宝，拥有它就能带来财富和幸福，也能带来无上的荣耀。金羊毛成为许多英雄梦寐以求的珍宝，无数人为了拥有它而失去了性命。

现在再回来说我们的伊阿宋。他的叔叔让他去取金羊毛，就是为了让他去送死。但年轻气盛的伊阿宋，一心只想着建功立业，满口答应了下来。

伊阿宋召集了一帮英雄好汉，一起参加这次夺取金羊毛的行动。大家都摩拳擦掌，跃跃欲试，想要大显身手，完成这一壮举，留名后世。智慧女神雅典娜帮助了他们，她指导最优秀的造船者建造了当时最大的一艘船，足足能容纳五十位划桨手。船身既坚固又轻盈，英雄们甚至可以把船扛在肩膀上，连续走上十几天。这艘船被称作"阿耳戈号"。坐上这艘船去夺取金羊毛的人们，后来也被称为阿耳戈英雄。

万事俱备，阿耳戈号在众人的祝福中扬起了风帆，向金羊毛的所在地进发。五十位划桨手划着船桨，乘风破浪，很快他们就离海岸越来越远。音乐家俄耳甫斯也在船上，他弹着竖琴，唱起婉转动听的歌曲，鼓励英雄们奋勇前行。他们并不知道，这一路到底将经历多少艰难险阻。

才第二天，他们就遭遇了一场猛烈的暴风雨。他们的大船阿耳戈号被吹到了一座小岛边。一群全副武装的女人立刻就把他们包围了。英雄们都很诧异，为什么这里一个男人都没有？难道他们要和女人打架吗？

这座小岛叫楞诺斯岛，确实只有女人。伊阿宋连忙派使者下船去觐见岛上的女王，想向女王解释，他们并不想冒犯岛上的人们，只是想在这儿借宿一晚。女王连忙召集岛上的女人们，一起商量对策，看要怎么对付这些突然造访的男人们。其实，这座楞诺斯岛上的女人们隐藏着一个惊天大秘密。到底是一个什么样的秘密呢？小朋友，我们后面再接着讲吧。

跟着名著去探秘
金羊毛的有趣传说

小朋友,你已经读了两篇《伊阿宋与金羊毛》的故事了,现在,喵博士要带你跟着名著一起去探索一些秘密。我们要探索的秘密是:关于金羊毛,还有什么有趣的传说呢?

通过前面的故事,我们知道了金羊毛到底是件什么样的宝贝,它是怎么来的。但是,你知道神话中的金羊毛与真实的历史之间有什么联系吗?人们是凭空想象出这样一件神奇的宝贝的吗?有人说,金羊毛的故事,可能是来源于一种淘金的方法。淘金是什么意思?说到黄金,你是不是会联想到金币、金块、金元宝、金项链？其实黄金一开始并不是就长成这些形状的，有些金子混在泥沙里，也像沙子一样，细细的，一粒一粒的，叫金沙。当然并不是所有泥沙里都有金沙，只有某些特别的地区、特别的泥沙里，才混着金沙。那么，人们怎么把混在泥沙中的金沙给淘出来呢？人们会用一种特别的工具，把混着金沙的泥沙放到水里去洗。因为泥沙比较轻、金沙比较重，所以泥沙就被水冲走了，而金沙则留在了淘金的工具里。

在我们地球上，有许多盛产黄金的地方，前面故事里讲到的科尔喀斯就是其中一个。科尔喀斯就在现在的格鲁吉亚境内。小朋友可以去世界地图上找找格鲁吉亚，它就在黑海附近。伊阿宋他们从希腊开船去科尔喀斯也就是现在格鲁吉亚境内取金羊毛，从地图上看好像只有一小段距离，但实际上却是非常遥远而又艰难的路程。

在科尔喀斯，古代曾经流传过一种非常特别的淘金法，就是关于"金羊毛"的！人们把羊的毛皮放进流动着的河流和小溪之中，上游的河水冲下来的沙子就会被羊毛拦下来，落在羊毛中。不过，这些河流可不是普通的河流，沙子也不是普通的沙子，上游冲下来的那些沙子里，可都混着金沙呢！人们把沾了许多金沙的羊毛打捞上来，挂在树上晒。阳光下，羊毛金光闪闪，看起来就像金羊毛一样。等羊毛被晒干，再把它们轻轻一抖，金沙就跟着其他沙子一起哗啦啦地掉下来了！这种淘金法是不是很奇妙？

所以有人猜测，也许就是因为科尔喀斯这个地方有羊毛淘金法，人们才想出了金羊毛的故事。可能是人们看到了阳光下金光闪闪的羊毛，于是就想：咦，我们是不是能把金羊毛写进故事里去呢？所以，希腊神话里的金羊毛就出现了！

不过，这只是我们的一种猜测，至于故事中的金羊毛到底从哪里来，小朋友也可以自己去探索一下哟。

现在，我们回到神话中，看看金羊毛有什么样的含义。伊阿宋和他的小伙伴们在寻找金羊毛的路上，经历了千难万险。他们寻找金羊毛的旅程，不正像我们追求幸福和理想的过程吗？我们的幸福就像是那耀眼的金羊毛，等着我们把它握在手中！

有很多作家也从希腊神话中得到了启发，把金羊毛写进了自己的故事里。前面我们讲到桑树下的故事时，提到过英国的一位大作家莎士比亚，你们还记得吗？就是那位写了《罗密欧与朱丽叶》的大文豪。他写的另一个故事里，就提到过金羊毛。那是一本名叫《威尼斯商人》的书。书中有一位美丽而富有的女孩儿，很多男孩儿为了追求她而展开了激烈的争斗。这个女孩儿就被作者比喻成金羊毛，意思是说，大家把她当作金羊毛一样的宝贝抢来抢去。

其实，生活中许多珍贵而难得的东西，都可以被比作金羊毛。小朋友，你梦想中的金羊毛是什么呢？

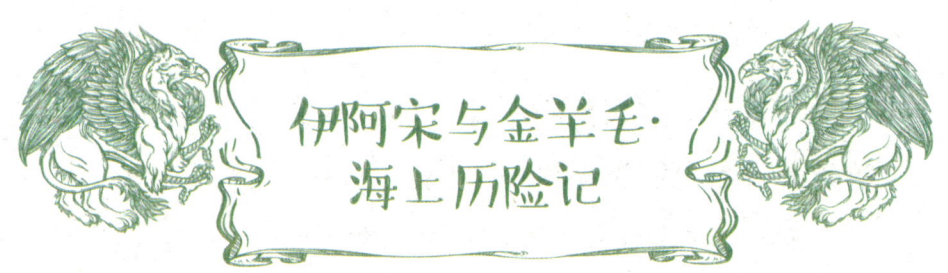

伊阿宋与金羊毛·海上历险记

伊阿宋他们在海上，被风暴吹到了一座只有女人的岛上。女王召集岛上的人开会，商量要怎么对付这些男人。其实，岛上的女人们隐藏着一个惊天大秘密。

很久以前，这座岛上原来的男人们因为做了伤天害理的事儿，背叛了岛上的女人们，所以被女人们愤怒地杀害了。女人们背负着这个大秘密，辛苦而艰难地在岛上生活着。伊阿宋他们上岛后，女王身边一个睿智的老婆婆说："女王啊，我年纪大了没有关系，可是你和岛上的其他女人还年轻，咱们这儿一个男人也没有，不是长久之计啊。谁来种庄稼？谁来保卫家园呢？之前我们是没遇到好男人，现在老天送了一船的男人到这儿，不如看看能不能把他们留下来做丈夫。"

女王有些害羞，可是想了想，又觉得婆婆说的有道理。其他人也都赞成婆婆的话。于是，女王派人热情地邀请船上的人上岛，还给他们准备了许多礼品。

伊阿宋披上智慧女神雅典娜送给他的紫色斗篷，带着其他英雄一起进了王宫。英俊高大的伊阿宋像一颗闪耀的星星向女王走来，女王瞬间就被他吸引住，深深地爱上了他。

接下来的日子里，女王每天都安排宴会和歌舞，盛情款待这些英雄们。她甚至邀请伊阿宋留下来当国王，和她一起治理这个岛国。伊阿宋虽然拒绝了她，但也不免沉迷于岛上的安逸和欢乐，和其他英雄们在这儿流连忘返，不舍得离开。要不是有人冲到王宫里来质问他们，阿耳戈号这艘大船还不知道什么时候才能再一次启程呢。

那位质问他们的人，就是大力士赫拉克勒斯，也是阿耳戈号船上的一位大英雄。他之前就已经有过几次英雄壮举，因此在一行人当中是比较有威信的人物。这次，他也随着伊阿宋一起坐船出海去夺取金羊毛，想要完成世人眼里的丰功伟绩。当船被吹到这座小岛的时候，他因为不喜欢跟女人打交道，所以带着几个兄弟一起留在了船上，并没有上岛。

赫拉克勒斯在船上等了一天又一天，迟迟不见上岛的兄弟们回来，似乎他们都忘了夺取金羊毛的任务。他终于耐不住性子，怒气冲冲地上岛找到这些同伴，大骂道："你们这些懦夫，在一点酒肉面前就忘了自己的使命！你们出海就是为了在这里享乐吗？还是你们以为可以不劳而获，一觉醒来，神就把金羊毛放在你们脚下了？我看伊阿宋你干脆就留在这个与世隔绝的地方，和女王生儿育女，舒舒服服地过日子吧。什么英雄伟业，见鬼去吧！"

伊阿宋在大力士赫拉克勒斯的痛骂中终于清醒了过来，他羞愧得简直想找条地缝钻进去……伊阿宋立刻召集兄弟们，向女王辞别。女王见他们去意已定，没法再

伊阿宋与金羊毛

挽留了，只好哭着说："愿天神保佑你们早日取到金羊毛。等你取到金羊毛后，如果你还肯回到岛上，我依然愿意让你做我的国王。"伊阿宋和英雄们依依不舍地离开了楞诺斯岛，在女人们的目送下回到船上，继续他们寻找金羊毛的旅程。

五十对船桨一齐摇了起来，阿耳戈号大船风驰电掣般地往前行驶。身后的楞诺斯岛越来越小，最后消失不见了。

大船航行了一段时间后,海上又起了大风,船再一次被吹到海岸边。这是另一座小岛,岛上居住着善良的多利俄涅人。这里的国王很年轻,才刚长出胡子呢。他之前曾经接到过一道神谕,让他善待远道而来的异乡英雄们。于是,年轻的国王非常热情地款待了漂到岛上的希腊人,又是宰杀牛羊,又是奉上葡萄美酒。大家把酒言欢,像是相识了很久的老朋友。只有大力士赫拉克勒斯还是不愿离开船,继续留在船上守护着。

这座岛上的另一侧,还居住着可怕的野蛮巨人,他们长着六只胳膊,总是虎视眈眈地盯着多利俄涅人。善良的多利俄涅人要不是被海神保护着,根本就没法在岛上好好生活下去。这天,热心的多利俄涅国王亲自把希腊人带到一座高山上,为他们接下来的航行指点方向。这时候,那些六只手臂的巨人们则向海边拥去,他们用巨石堵住船只停靠的港口,想让大船不能进出。留守在船上的大力士赫拉克勒斯奋勇反击,他张弓搭箭,射死了好几个巨人。不久后,其他希腊人回到了海边,看到可恶的巨人在捣乱，纷纷加入战斗。

他们拿出弓箭和长枪，瞄准了巨人，嗖嗖嗖地射倒了一个又一个。最终，巨人们被希腊人打得落花流水，许多巨人倒在狭隘的港口，就如同被砍倒的树木一样。希腊英雄们取得了这场战斗的胜利，他们意气风发，告别多利俄涅国王，之后便扬帆起航，再次向目的地进发。

没想到半夜里狂风大作，暴雨下个不停，海上的希腊人又一次迷失了方向，他们的船被海风吹呀吹，居然又吹回到了多利俄涅人的小岛。因为夜黑风急，谁也不知道这里到底是哪儿，还以为是另一片海岸。而岸上的多利俄涅人，以为有敌人来袭击，纷纷拿出武器想要驱赶这群不速之客。黑暗中，他们根本不知道对方就是前一天还把酒言欢的好朋友。就这样，一场惨烈的斯杀展开了。经过一晚上的较量，训练有素的希腊英雄们杀死了好多多利俄涅人，甚至，伊阿宋用长矛刺进了年轻国王的心脏。

第二天，太阳又一次升起了，光明再一次洒向大地。

这时候，双方才知道这是一场多么大的误会。希腊人他们前一天才受到国王的热情招待，如今却误杀了国王。他们痛心疾首，却已回天无力，一切都无法挽回了。伊阿宋悲痛悔恨得半天说不出话来。大家留在岛上，沉痛地哀悼了国王三天三夜，之后才重新回到船上，扬帆起航。

　　他们又航行了一段时间后，来到一座海湾城市，停下来休息整顿。当地人叫密西亚人，当他们听说希腊人要去夺取金羊毛，都非常佩服他们的勇气，很热情地招待他们，让他们吃好住好，过得十分舒适。而大力士赫拉克勒斯一向不习惯享乐的生活，他看到同伴们在宴会中开怀畅饮，不屑地走开说："哼！酒这玩意儿，只会让人堕落，弄得人丑态百出！"他转身去树林里找合适的树来做新的船桨；而他的一个好朋友，年轻小伙子许拉斯也离开宴会，去树林的泉水边取水。

　　没想到，就因为他们离开了宴会，引发了一场新的麻烦。到底发生了什么呢？小朋友，我们后面再接着讲吧。

写故事的魔法棒
鹤立鸡群，这全是对比的功劳

小朋友，在《海上历险记》这篇故事里，也藏着写故事的小魔法。不过，这个小魔法藏得有点深，我们一起去把它挖出来吧！

故事里讲到，伊阿宋他们漂到一座岛上，得到了女王的盛情款待。但是这下可不得了了！小岛上的生活悠闲自在、无忧无虑，伊阿宋和手下们非常享受，乐不思蜀，几乎都快忘了夺取金羊毛的任务。

就在大家都在享受岛上的生活时，有一个人却与众不同，他不屑于吃喝玩乐，而是留守在船上，心里只有夺取金羊毛这一个目标！他是谁？就是大力士赫拉克勒斯。他看到大家竟然快忘了夺取金羊毛的任务时，气冲冲地冲上小岛，大骂道："你们这些懦夫，在一点酒肉面前就忘了自己的使命！……我看伊阿宋你干脆就留在这个与世隔绝的地方，和女王生儿育女，舒舒服服地过日子吧。什么英雄伟业，见鬼去吧！"

大力士骂得可真是酣畅淋漓啊！伊阿宋终于在大力士的痛骂中清醒过来，重新上路了！

小朋友，你能猜到这里藏着什么样的小魔法吗？这个小魔法就是对比！伊阿宋和大力士赫拉克勒斯之间，看起来是不是非常不同？讲故事的时候，如果用上对比的小魔法，就会有很多意想不到的好处。

第一个好处是，给人留下深刻的印象。虽然在这个金羊毛的故事里，大力士不是主要角色，但他在希腊神话里是很重要的一个人物，以后我们还会专门讲讲他的故事。在这里，大力士和其他人之间，形成了鲜明的对比——其他人都沉迷于享乐，只有大力士赫拉克勒斯保持清醒，没有忘记自己的使命。

这样一对比，大家是不是一下子就记住了大力士这个人物？这就是对比的威力。小朋友在讲故事的时候，想突出某一个人或者某一件事的时候，可以试着用对比这个小魔法，说不定能给人留下深刻的印象哟。

有一个成语也用了对比的小魔法，那就是"鹤立鸡群"。这个成语是说，一只鹤和一群鸡站在一起，鹤显得特别与众不同。

如果那只鹤和一群鹤站在一起，是不是没办法一眼就发现它、记住它？但当它和一群鸡站在一起时，它就会成为焦点。这种情况出现在人的身上时，也是一样的。如果一个人和周围其他人相比，特别突出，这时候人们就会说："这个人真是鹤立鸡群啊。"这也是对比的威力！

对比这个小魔法，还不只有刚才说的这个好处——让人留下深刻的印象。它的另一个好处是，有时候可以通过对比，来为以后的故事留下一点线索。

在这里，喵博士再举一个《西游记》中的例子。

你有没有听说过《三打白骨精》这个故事？这里面其实也运用了对比这个魔法！

在故事中，孙悟空一眼就识破了由白骨精变成的老爷爷和老奶奶，想要把妖怪除掉。可是，他的师父唐僧却认为老爷爷和老奶奶是好人，一再阻止孙悟空。看到这里，你是不是很为唐僧担心，担心他会被妖怪抓走？你的担心是对的，可怜的唐僧后来确实被白骨精抓走了。你看，有了对比这个魔法，听故事的人还能预测故事的结局呢！

那么，再回到金羊毛的故事中来，这里的大力士赫拉克勒斯，是不是特别与众不同？你会不会对他以后的结局充满了好奇呢？其实，大力士赫拉克勒斯后来确实成为了一位比伊阿宋还要受人们崇敬的超级大英雄。你们以后就会知道啦！在这篇故事里，就已经暗示了大力士未来的结局了哟！

对比这个小魔法就讲到这里了，你以后也可以试试这个小魔法的威力哟！

伊阿宋与金羊毛·解救预言家

阿耳戈号停靠在一座海湾城市，休息整顿。当地的密西亚人热情招待了各位英雄。但是大力士赫拉克勒斯不屑于享乐，就到树林里去砍树做新的船桨，而他的好朋友——年轻小伙子许拉斯也离开宴会，去树林的泉水边取水。没想到意外发生了。泉水中的仙女看许拉斯格外英俊，竟然一把把他拉进水里，想要跟他结婚，怎么也不肯让他走。许拉斯是赫拉克勒斯从小带大的，当赫拉克勒斯发现许拉斯不见了，他的额头上冒出了汗珠，血液在血管中沸腾着。他发疯似的几乎找遍了整座城市，却怎么也看不见许拉斯的人影。

清晨，船上的舵手催着大家集合出发。前一天参加宴会的人们，这会儿都醉醺醺的，他们糊里糊涂地上了船，就开船前进了，竟然忘记要清点一下人数。等船开出去很远了，突然有人发现人数不对，大声惊呼道："哎呀！大力士和许拉斯还没上船呢！"大家顿时慌了手脚。一位叫忒拉蒙的英雄大喊："不行！必须回去找他们，绝对不能让任何一个人掉队！"另一位英雄却反对："海上这天气，变幻莫测，要是回头了，我们这一船人都可能会死在大海里。不行！现在绝对不能掉头！"双方吵得不可开交。这次行动的领袖伊阿宋沉默地坐着，十分为难。

忒拉蒙扯住伊阿宋大喊："难道你就这样抛下出生入死的兄弟吗？我看是因为大力士赫拉克勒斯会压过你的荣誉，你才不愿意回去接他，你是个懦夫！我们不能丢下同伴，必须立刻调头回去接他们！"船上的其他人继续吵嚷着，几乎要打起来了。就在此时，一个奇怪的声音在空中响起："等一等，英雄们，等一等。"大家都停下来，看是怎么回事。只见一位海神跳了出来，不过这并不是海神波塞冬，而是波塞冬的一位手下。他拉住大船说："英雄们，许拉斯被水中仙女拉去成亲啦，不会有事的。而赫拉克勒斯将会从宙斯那儿领到其他的重要任务，你们就继续前进吧。"

大家听了这位海神的话，总算放下心来了！之前船上吵得不可开交的两派，这会儿才重归于好，继续干劲十足地向前行驶。

过了许久，前方又有一座小岛。他们再次停靠休息。但是在这里，他们却遭遇了一场艰苦的搏斗。住在这座小岛上的是柏布律西亚人，他们的国王十分凶狠残暴。国王向停靠在这儿休息的希腊人挑衅道："听着，你们这些海上的流浪汉！我们这里有条规矩，只有战胜我才可以离开，输了就得在这里当一辈子奴隶！你们派一个最强壮的人出来吧，和我打一场拳击赛。如果输了，那就别怪我不客气了！"

这位国王已经打死了不少过路人，还强迫很多人留下做奴隶。看到这位国王嚣张蛮横的样子，希腊人中拳术最好的拳击手波吕丢刻斯气不过，他从船上跳下来，喊道："那就让你来领教领教我的拳头吧！"说着，把手指掰得咯咯响。

比赛开始了，那国王以闪电般的速度冲过来，噼里啪啦地打了一套动作，招招打向波吕丢刻斯的要害，但敏捷的波吕丢刻斯灵活地躲闪着，并没有受伤。他们双方互相找机会，你一拳，我一掌，几个回合下来，不分胜负。打了一会儿，波吕丢刻斯发现，国王的耳根是他最脆弱并且最没有防备的地方，于是他找准时机，毫不犹豫地一拳打下去。与此同时，国王也挥出了有力的一击。可国王打中的是波吕丢刻斯的肩膀，虽然疼但却没有大碍；而波吕丢刻斯打中的却是国王最脆弱的耳根。国王痛苦地倒在了地上，久久爬不起来。

英雄们欢呼雀跃，冲上来拥抱波吕丢刻斯，大喊："太棒了，你真是我们的英雄！"柏布律西亚人见国王倒下了，纷纷拿出棍棒攻击希腊人。希腊人见这些刁民不守信用，

只能拔剑战斗,打得这些刁民落荒而逃。希腊人大获全胜,还夺取了许多战利品。这一夜,他们在岛上庆祝,祭拜天神,还用月桂树枝编成桂冠,喜气洋洋地戴在了头上。船上的音乐家俄耳甫斯叮叮咚咚地弹着竖琴,为大家唱起英雄赞歌。

第二天一早,他们离开了柏布律西亚人的地盘,骄傲地向着金羊毛继续进发!

在经历了更多艰难险阻之后,他们来到一片新的海岸。这里住着一位预言家菲纽斯。阿波罗曾经赐予他了不起的预言能力,可菲纽斯太得意,以至于泄漏了好多神的秘密。愤怒的神罚他晚年变成盲人,还让一种凶恶的怪鸟去折磨他。只要预言家菲纽斯拿出东西要吃,怪鸟就去抢食,这可怜的老人几乎吃不到一点东西,饿得两眼冒金星,瘦得只剩皮包骨头。这种凶恶的怪鸟竟然还有个好听的外号,叫美人鸟。可怜的预言家菲纽斯唯一活下去的希望就是:曾有神谕告诉他,会有一群希腊英雄坐船到这里来解救他,这样他才能安静地享用食物。他每天盼星星盼月亮,就盼着那些英雄快点到来。

这不,刚听说希腊的英雄们来了,菲纽斯就连忙颤抖着从屋子里爬到海岸边。英雄们惊奇地看着这个瘦得只剩下骨架的老头,不知道发生了什么。菲纽斯喘着粗气说:"英雄们,求求你们救救我吧,我一个可怜的瞎子,已经很久没有吃过饭了。快救救我!"

英雄们看他可怜，就为他准备吃的，可是饭菜刚放在菲纽斯面前，就来了一群怪鸟，瞬间消灭了所有食物，气得英雄们拿起剑就追杀它们。可宙斯给了这些怪鸟无与伦比的速度，英雄们快累死了，也没追上怪鸟。后来，他们换了个方法，用飞剑向怪鸟扔去。这招果然有效，眼看就要刺中鸟了，宙斯的使者却突然出现，打掉了英雄们的剑，说："好了，英雄们，宙斯已经赦免菲纽斯了，这些美人鸟不会再来打扰他了，你们也不要追杀美人鸟了，它们是神派来的。"说完，使者就不见了。

英雄们再次为菲纽斯准备了吃的。这次美人鸟果然没有再出现。菲纽斯狼吞虎咽地吃了很久，最后发出满足的感叹："啊，终于吃了一顿饱饭！"为了感谢这些英雄，预言家菲纽斯给他们做了一次占卜，替他们看了看接下来会发生什么。他沉思了一会儿后，紧张而神秘地告诉了大家一些未来的秘密。

预言家看到了什么样的未来呢？小朋友，我们后面再接着讲吧。

写故事的魔法棒
我有个问题想问问你

　　小朋友，在《解救预言家》这篇故事里，又有一个新的写作小魔法，它的名字和之前的魔法还有点差别，叫作：我有个问题想问问你……

　　咦？魔法棒开口问问题了吗？其实，这是一个关于怎么在故事里问问题的魔法，它的威力可不是一般地大呢！

　　想要完整地学会这种魔法，至少需要收集两颗宝石：一颗的名字叫作"反问"，另一颗叫作"设问"。接下来，我们一起去看看它们藏在了哪里。

　　我们首先去找一找"反问"这颗宝石。在这篇希腊神话中，大家把船开出去很远了，才发现还有人没上船。是冒险回去找人，还是丢下伙伴不管？大家为此吵得不可开交。这个时候，一位叫忒拉蒙的英雄气愤地扯住伊阿宋问道："难道你就这样抛下出生入死的兄弟吗？"

听完这句话，大家觉得忒拉蒙是在征求伊阿宋的意见吗？其实呀，忒拉蒙这气势汹汹的语气，可不是在和伊阿宋商量，他的意思是说：你自己好好想想吧，如果你抛下了出生入死的兄弟，那你就太差劲了！所以你绝对不能这么做！

忒拉蒙那句话里，有一个词很关键，那就是"难道"。小朋友如果在句子里找到"难道"这两个字，就找到"反问"这颗宝石啦！

反问的意思就是，答案是反着的。忒拉蒙问这句话的时候，他心里的答案是：你绝对不能抛下兄弟。

反问句有什么好处呢？它能把"不"的语气说得更强烈。忒拉蒙可不是在说："你不要抛下兄弟啊！"

他那句话里隐含的意思是："你绝对不能抛下兄弟！"

除此之外，比起直接跟对方说"不行"，反问句还多了一层意思："你自己好好想想吧，是不是不能那么做？"也就是让对方先思考思考。

在希腊神话中，藏着"反问"的句子可多着呢！之前，伊阿宋他们漂到只有女人的楞诺斯岛时，大力士赫拉克勒斯也用了很多次反问句。他看到大家只顾享乐，忘记寻找金羊毛，气得大骂道："你们出海就是为了在这里享乐吗？还是你们以为可以不劳而获，一觉醒来，神就把金羊毛放在你们脚下了？"

大力士连着使用了两个反问句，把自己的愤怒和失望都表现出来了！他这么一问，伊阿宋还真的就清醒了过来，连忙召集同伴，再次起航。

看到这儿，你有没有发现，反问句也不一定都带着"难道"这两个字？小朋友可以好好感觉一下，你能听出别人话里的反问语气吗？你可以先想想，别人提这个问题的时候，是不是真的需要你来回答哟！

讲了这么久的反问句，那我们前面说到的另一颗宝石"设问"又是怎么回事呢？这个简单，喵博士给大家举个例子吧！设问句到底难不难呢？其实一点也不难。哈哈，这就是个设问句啦！喵博士先问大家："设问句到底难不难呢？"然后又告诉大家："其实一点也不难。"这不就是自问自答吗？

没错，设问句就是明知故问，自问自答。

小朋友是不是经常背古诗？有一句很有名的古诗，就用了设问。"不知细叶谁裁出，二月春风似剪刀。"这句古诗的意思是，先问柳树这细细的叶子，不知道是谁裁剪出来的？接着又回答，哦，是二月的春风，它像灵巧的剪刀一样剪出了柳树的细叶。

那你知道为什么我们有时要用到设问句吗？因为这样能和读故事的人有互动，读故事的人就觉得你更亲切了，他会跟着你一起思考，然后再来看你的答案，这样他也许会更认真地往下读哟！

小朋友，"反问"和"设问"的小魔法就讲到这里了，接下来，我们再一起去读精彩的故事吧。

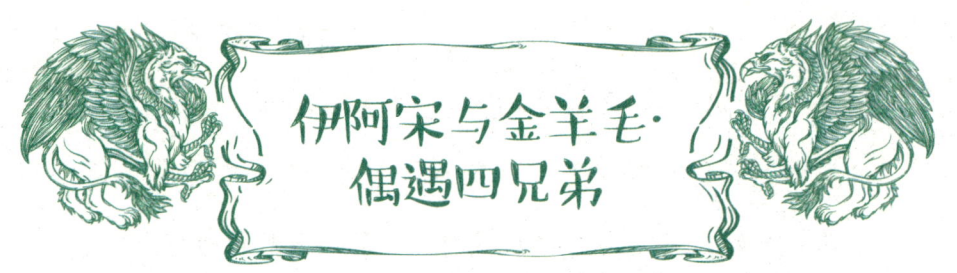

伊阿宋与金羊毛·偶遇四兄弟

希腊英雄们拯救了一座小岛上的预言家菲纽斯。为了感谢他们,菲纽斯为他们占卜了未来的吉凶。他神秘地告诉大家说:"前面会有一个海峡,海峡里有两块巨大的岩石。潮水让它们不断地聚拢又分开,人们把它们叫作撞岩。你们要非常迅速地从巨石中间穿过,否则,就会被撞得粉身碎骨。然后,你们会经过一个女人国,还有一个挖铁矿的国家。在这之后,就离你们的目的地不远了。那里有高高的堡垒,金羊毛高高地挂在树上,毒龙不眠不休地看守着它。"

英雄们听到这些,顿时不寒而栗,内心充满了不安。

他们还想问得更详细一点,菲纽斯却摆摆手说:"我只能说这么多了,愿神保佑你们。"

英雄们鼓起勇气,继续向前航行了四十天。海上的西北风一直阻碍着他们前进,他们不得不停下来,向天神们祭拜,并献上礼品,这才又加速前进。然而,他们才平静地走了没多久,就看到前方有两块巨石,随着奔腾的海水不断地撞击又分开。当它们分开时,海水汹涌奔腾;当它们撞击时,海面上爆发出雷鸣般的轰隆声,海水被夹击得水花四溅,夹缝中的一切都被撞得粉碎。

船上的舵手仔细地观察着海面的情况。一位年轻的英雄站起身来,放出一只英勇的鸽子。因为预言家菲纽斯说过,如果鸽子能从巨石中间飞过,他们就可以冒险前进。大家都目不转睛地盯着鸽子,看它能否从巨石中间飞过。只见两块巨石越靠越近,海水在狭窄的岩石缝隙中汹涌奔腾,整片大海都在吼叫不止。眼看着巨石就要撞到一起了,鸽子飞快地扑打着翅膀,像箭一样向前飞去。在巨石的撞击声和海浪的翻滚声中,有人隐约听到鸽子的惨叫声。原来，鸽子尾巴上的羽毛被巨石夹掉了，但它最终还是幸运地飞了过去。

大家看得心惊胆战。舵手高声地鼓舞大家勇往直前！他们离巨石越来越近了！巨石在他们眼前再次分开了，海水把他们的船吸了进去，巨浪滚滚，船被海浪冲得比巨石还高。"啊！"大家都尖叫起来。紧接着，一阵漩涡又把船降到了巨石的中间。这下他们死定了！

就在这时，智慧女神雅典娜降临了，她决定保护这群勇敢的希腊人。她大力推动着船，把它从巨石间推了出去。大家震惊地发现，自己竟然活着通过了撞岩。大船并没有损坏得很厉害，只是船尾受了点轻微的摩擦。他们回过头来看时，仍然心有余悸。当他们行驶到宽阔平静的海面上时，大家都忍不住感叹道："这简直像是在地狱里走了一遭啊！"

不过，接下来的航行也并不省心。他们的舵手不幸病死了，英雄们悲伤地埋葬了他，又挑选了新的掌舵人，继续上路。这期间，他们又路过了一个全是女人的女人

国,她们叫亚马孙人。这些女人的来头不小,都是战神阿瑞斯的后代,所以她们喜欢打仗。无论谁从这里经过,她们都要与他打个你死我活。幸好吹来了一阵西风,把希腊人的船吹走了,他们顺利地绕过了女人国。

又过了一天一夜,他们到达了卡律贝尔王国,这里的人不种粮食不放牧,在地下挖出矿和铁石,以此来交换粮食。他们没有娱乐活动,整天在漆黑的地窖和浓烟里工作。

穿过卡律贝尔王国,他们就离金羊毛的所在地——科尔喀斯越来越近了。就在此时,他们竟然碰到另外几个也来找金羊毛的人。事情的经过是这样的,当他们途经一座荒岛时,发现了四个穿得破破烂烂却英姿勃发的年轻人。伊阿宋起初以为他们是乞丐,正打算施舍点钱给他们。哪知他们却拒绝了,其中一个青年说:"谢谢你们,但我们不需要钱。我们的船被毁了,希望你们能载我们一程。"伊阿宋好奇地问道:"你们是谁?怎么会流落到这座荒岛上?你们要去哪里?"

原来，他们是佛里克索斯的儿子。大家还记不记得佛里克索斯？就是那个骑金山羊飞行的云神的儿子，也是金山羊的拥有者，他骑着金山羊飞过大海后，来到了黑海边的一个国家，那里的国王埃厄忒斯收留了他，还把一个女儿嫁给了他。

佛里克索斯为了感谢国王，就把金羊毛留给了国王埃厄忒斯。佛里克索斯与公主成婚后，公主生下四个可爱的儿子。可是后来，佛里克索斯的家乡发生了动乱，他就独自带着四个孩子回到了自己的家乡。因为种种原因，他一直生活在家乡，而他的妻子也就是那位公主，却还留在她父亲的王宫里。

佛里克索斯临终前惦记着曾经救过自己性命的金山羊。当初，他把金羊毛留给岳父埃厄忒斯，已经给埃厄忒斯带来了至高无上的荣誉。现在，是时候让金羊毛回到他这个真正的主人手里了。于是，他临终前给儿子们留下遗言，让他们去找外祖父埃厄忒斯拿回金羊毛，了却他最后的心愿。

四兄弟领了父亲的遗愿，踏上取金羊毛的漫漫征程。可是才航行不久，他们就遇到了狂风暴雨，船被吹散架了，一船人掉进了大海里。四兄弟差点淹死，幸好抓住了一块木板。他们在大海上漂流了好多天，终于在这座荒岛上落了脚。

伊阿宋听完四兄弟的故事，连连点头说："正巧，我们也是去取金羊毛的。这一路确实是困难重重，我们也好几次差点船毁人亡。要不，我们就搭伙一起走吧！"

四兄弟胆怯地对视了一眼，都有些退缩，说："带我们逃离这座荒岛就好了，我们现在想回家，取金羊毛的事就算了吧。我劝你们也放弃吧，这件事比登天还难，你们根本不可能拿到金羊毛的。"

伊阿宋不满地说："怎么不可能？事在人为。"

四兄弟中一个叫阿耳戈斯的王子，小心地提醒他们说："金羊毛现在在我们的外祖父那里。他一定不会轻易给你们的。据说他是太阳神阿波罗的儿子，力大无穷，对待人……又比较残酷。而且他还派了毒龙日夜不眠地看守着金羊毛。这，怎么能拿到呢？"

一位叫珀琉斯的英雄不服气地站起来说："这有什么好怕的？要是埃厄忒斯不给我们金羊毛，我们就抢！他是神的后代，我们难道不是吗？兄弟们，不要怕！我们一定能成功！灰溜溜地回家可是要被人耻笑一辈子的。"

听了珀琉斯的鼓舞，大家认同地点点头，都说："是啊！我们不比那什么国王差，绝不退缩！"

那么，这群希腊英雄能够顺利找到金羊毛吗？小朋友，我们后面再接着讲吧。

跟着名著去探秘
你知道多少女儿国

小朋友，喵博士又要带你跟着名著一起去探索一些秘密。我们要探索的秘密是：你知道多少女儿国？

在这篇故事里我们讲到，伊阿宋带着伙伴们好不容易从撞岩中通过，接下来，他们又经过了一个全是女人的女儿国。这里的人据说可都是战神的后代呢！她们非常喜欢战斗，只要有人从这个国家经过，她们就一定要和对方打得你死我活。幸好一阵西风吹来，把伊阿宋他们的船吹走了，这才让他们免遭一难。

你记得这个女儿国的女人们叫什么吗？对啦！她们叫作亚马孙人！说到亚马孙，你可能觉得有点耳熟吧。在南美洲有一条很著名的河流就叫亚马孙河。但是我们说的女儿国里的亚马孙人，她们可不在美洲，据说她们生活在今天的黑海附近！

后来，人们根据希腊神话中的亚马孙人，创造出了许多艺术品。例如，希腊有一处特别有名的文化古迹叫帕特农神庙，相传有2000多年的历史，在这座神庙里就有亚马孙人战斗的雕刻图案！你猜她们在和谁战斗啊？她们胆子可真大，竟然在和希腊神话中的天神战斗呢！

除了亚马孙人的女儿国，还有很多故事中都有女儿国。我们前几集也讲到了一个只有女人的楞诺斯岛。只不过，那座岛上本来是有男人的。另外，《西游记》里也有一个神奇的女儿国，对不对？美丽端庄的女儿国国王爱上了去西天取经的唐僧，想要嫁给他。但是，唐僧却一心只想去西天取经。

小朋友，当你一听到女儿国，会不会就认为这个地方全是女人呢？其实，女儿国不仅仅指只有女人的地方。如果在一个地方女性地位比较高，主要由女人掌握着权力，那么这个地方有时候也会被人称作女儿国。在我们的现实生活中，就有这样一个神奇的女儿国！

在我国的四川、云南交界处的泸沽湖畔生活着一个神秘的部落——摩梭人。在这里一般是女人说了算，家里女人的年纪越大、辈分越高，她的地位就越高。所以你们猜猜看，摩梭人的家庭里最重要的地方是哪里？是"祖母房"。因为大家有什么重要的事儿，都得找年长的女性汇报，征求她的意见。"祖母房"里，一般会设一个火塘，也可以理解为火盆。这里面的火苗可不能熄灭。因为在摩梭人看来，火塘里的火苗代表着家族的血脉和未来，是不可以熄灭的。

摩梭人还有一个非常特别的传统，那就是"走婚"。就是爸爸有时候晚上来妈妈家里住一晚，第二天天亮之前就离开。爸爸和妈妈大多数时候不生活在一起，而是住在他们各自的妈妈家。例如，爸爸平时就在奶奶家生活，而小朋友们和妈妈一起住在姥姥家，由姥姥这边的一家人共同抚养长大。这是不是一种很奇特的家庭啊？不过，在那儿可没有奶奶、姥姥这样的称呼。刚才我们说了"祖母房"，这里的"祖母"也不是指爸爸的妈妈，而是指妈妈这边的亲属里辈分比较高的女性如姥姥或者其他辈分高的女性长辈。

神秘的摩梭人，吸引了很多人到这里来探秘。几年前，还有外国人到这里拍摄了一部关于摩梭人的纪录片，名字就叫作《女人王国》。小朋友以后长大一点，可以找来看一看！

你看，这些女儿国是不是都很有趣呢？不过，喵博士要告诉小朋友，现在在我们国家男女是平等的，不管男宝宝还是女宝宝，大家都是爸爸妈妈最爱的宝贝哟！

伊阿宋与金羊毛·美狄亚的心事

希腊英雄们在荒岛上遇到了四兄弟，发现他们也是来取金羊毛的。虽然希腊英雄们听四兄弟说金羊毛有多么难取，但还是决定勇往直前。

伊阿宋他们带上四兄弟继续航行。一天一夜后，船行驶到高加索山附近，他们看到了凶恶巨大的老鹰在山间盘旋，又听见了远处传来痛苦的呻吟声。一位英雄见多识广，他告诉大家："唉，那是创造了人类的普罗米修斯啊！他为了人类，去盗取天神专用的圣火，结果被天神宙斯狠狠地惩罚了。你们看，那就是高加索山，他被绑在那里，每天都会有老鹰飞来啄食他的肝脏，这痛苦真是无休无止啊！"

大家听了，心情都无比沉痛，但是又没办法拯救普罗米修斯。大家只能远远地向普罗米修斯表达敬意，随后又继续航行。

就在当晚，他们终于抵达了金羊毛所在地——当初金山羊降落的那个国家——科尔喀斯。英雄们感慨万分，这一路他们经历了多少艰难险阻啊！他们在海岸上庄严地祭拜众神，感谢众神在这趟航行中保护了他们，并祈求能顺利地拿到金羊毛。

第二天清晨，伊阿宋让大家暂时留在船上，由他带上另外两位英雄，还有四兄弟，先去见见国王埃厄忒斯，试探一下国王的心意。就算国王不愿意把金羊毛交给他们，至少也能探听一点消息出来。

这几个人大大咧咧地踏上了国王埃厄忒斯的地盘。暗中保护希腊英雄的赫拉，连忙降下一片浓雾笼罩住他们，让他们可以看得见其他人，而其他人却发现不了他们。

他们就这样安全地进了王宫。科尔喀斯是个富庶的国家，王宫修得十分华丽漂亮，这几个人一路上赞叹不已。"哇，瞧那四座喷泉，竟然喷出来四种不同的东西。"忒拉蒙惊奇地说。

伊阿宋用鼻子使劲嗅了嗅，也惊叹道："啊！我闻这味道，喷出来的东西像是牛奶、葡萄酒、清油，还有一样不知道是什么。这些不会是真的食物吧？"

四兄弟得意地说："这些可都是真的。你的鼻子可真灵，喷泉里涌出来的东西的确是牛奶、葡萄酒和清油，剩下一样是冬暖夏凉的山泉。"

伊阿宋听了，连声赞叹："天哪！从来没有见过这样精巧的喷泉！"四兄弟更得意了："那当然，这可是工匠之神赫淮斯托斯做的。"

接着，四兄弟向他们介绍了王宫的情况："王宫里住着国王，也就是我们的外祖父埃厄忒斯，还住着王子。后面的宫殿里住着两位公主，大公主是我们的母亲，小公主美狄亚是一名祭司，总在庙里祭拜天神，经常不在王宫里。"

伊阿宋好奇地问:"那这位小公主是什么神的祭司啊?"四兄弟神秘地回答说:"是地狱女神的祭司。"他们正说着,刚巧小公主美狄亚就出现了,而赫拉也撤走了笼罩在大家身上的云雾。

小公主美狄亚本来是要出门的,但一股莫名的力量把她留在了宫里。她刚要去找姐姐,就看见了这几个陌生人。美狄亚吓得大叫,把侍卫和姐姐都引了过来。侍卫们把他们团团围住,伊阿宋他们也摆出战斗的架势。大公主出来后,惊喜地发现,面前几个小伙子不正是自己多年未见的儿子吗?她扑过去拥抱四个儿子:"孩子们,你们怎么在这里?我好想你们啊。"

四个儿子和母亲久别重逢,又想起这一路的磨难,抱着母亲哇哇大哭。侍卫们一脸迷惑,心想,这些人应该不是敌人吧?于是收起了武器。伊阿宋他们几个默默地看着大公主母子抱头痛哭,过了好一会儿,终于忍不住对四兄弟说:"各位,我们今天还有更重要的事,能先带我们见你们的外祖父吗?"四兄弟擦擦眼泪,对母亲说："妈妈，多亏这几位勇士救了我们，他们有事找外祖父，您知道外祖父现在在哪吗？"大公主一听他们是儿子的救命恩人，立刻爽快地答应带他们去找国王。

这时候，国王埃厄忒斯和王后也听到了外面的动静，好奇地跑出来看发生了什么事。大公主连忙带着四个儿子拜见国王。国王见到四位外孙非常高兴，立刻吩咐道："今天是个大喜的日子啊！快摆宴席，我要欢迎我的外孙们回来！"仆人们都高兴地忙活起来，倒酒的倒酒，上菜的上菜，伊阿宋和另外两位英雄沐浴更衣后就开始享受美食美酒。

而这个时候，淘气的小爱神厄洛斯扑闪着翅膀悄悄地飞来了。他调皮地拿出爱情之箭，朝着小公主美狄亚射了出去，然后就眨巴着眼睛飞走了。美狄亚突然感觉胸口一阵钻心的疼，她蹲下来捂住胸口，过了好一会儿才渐渐恢复。她正要站起来去找姐姐，却一眼看到了伊阿宋。被爱情之箭射中的美狄亚公主对伊阿宋一见钟情，伊阿宋在她的眼中显得格外高大英俊。美狄亚顿时脸红

心跳起来。伊阿宋发觉美狄亚在看他,感到奇怪,便多瞅了美狄亚一眼。美狄亚吓得连忙低下头,却还是忍不住偷看,她的心不可抑制地怦怦乱跳。

而国王则找机会向几个外孙打听,这些希腊人到底是什么来历,来这儿要做什么。兄弟们一不小心,就把希腊人此行的目的告诉了国王。当国王埃厄忒斯知道这些希腊人是来抢他的金羊毛时,鼻子都气歪了。伊阿宋却对此毫不知情,他正美滋滋地享受美食和美酒呢。国

王忽然把桌子"砰"的一下掀翻，指着希腊人大骂道："亏我好酒好菜地招待你们，你们这些狼心狗肺的东西，居然想来抢我的金羊毛！我看，你们不但要抢金羊毛，恐怕是连我的王位和权杖也想抢吧！"

希腊英雄忒拉蒙性子急，他可受不了这气，他"呸"的一下吐了口唾沫，撸起袖子就要骂回去。伊阿宋连忙按住他，礼貌地对国王说："尊敬的国王，请您息怒！请听我说，我们并不是要抢您的王位。谁愿意千里迢迢地跑到这里来抢陌生人的财产和权力？我们只是想要金羊毛，那是天神赐给人类的礼物，是荣誉的象征。作为报答，我们希腊人愿意今后和您结成同盟兄弟，只要您的王国需要帮助，我们希腊人就一定会为您冲锋陷阵。"

国王埃厄忒斯会怎么回答他们呢？小朋友，我们后面再接着讲吧。

写故事的魔法棒
你知道狼心狗肺的故事吗

小朋友,读了《美狄亚的心事》之后,喵博士又要带大家跟着名著一起去探索一些秘密。我们要探索的秘密是:你听过狼心狗肺的故事吗?

刚才的希腊神话故事里,讲到伊阿宋他们终于来到了金羊毛的所在地。最初,国王热情地招待这些客人。可是,当他得知伊阿宋他们是来取金羊毛的,便气不打一处来,瞬间变了脸色,指着他们大骂道:"亏我好酒好菜地招待你们,你们这些狼心狗肺的东西,居然想来抢我的金羊毛!"

咦?国王为什么要用"狼心狗肺"这个词呢?它

有什么含义呢？

　　其实，狼心狗肺是一个成语，用来形容人心肠狠毒或是忘恩负义。不过，小朋友可能会问了，为什么要用狼的心和狗的肺来形容人心肠狠毒呢？怎么不用猫心鸭肺、猪心驴肺？别急，喵博士先给大家讲一个关于狼心狗肺的故事，我们一起来看看吧。

　　相传在很久很久以前，有一位神医名叫扁鹊。一天，他在山里采集草药，突然发现一个男人躺在路边，一动不动。扁鹊弯下身子探了探他的脉搏，哎呀，这个男人已经没有了脉搏，不过身体还是温热的。神医扁鹊判断这个男人刚去世不久，说不定还有救。可是他的心和肺都已经坏死了。这该怎么办才好呢？

　　扁鹊想了又想，总算想出了一个办法。他抓来一只狼和一条狗，分别把狼的心和狗的肺装到了这个男人的身体里。就这样，男人竟然奇迹般地活了过来。

　　可没想到的是，这人醒过来，发现自己随身带的钱财不见了，就指着面前的扁鹊大骂："你这个无耻盗贼，竟敢偷我的钱财，快点还给我，不然我就不客气了！"扁鹊连忙解释道："不不不，我不是盗贼，是我救了你啊！"

但那位被救活的人根本不理会扁鹊的解释。他的钱财丢了，正好面前有一个陌生人，不找他要钱，还能找谁？他扯着扁鹊的衣服，拉着他要找县官评评理。

到了衙门后，县官摸着胡子，听完了那个男人的话，便对扁鹊厉声喝道："你胆子不小啊！光天化日下竟敢夺人钱财！我看你是吃了熊心豹子胆了！还不快快从实招来？"

扁鹊听完这番话，非常生气，指着那个告状的男人说："这是一个狼心狗肺的人！我刚刚救了他，他竟然污蔑我是小偷！"县官哪里肯相信扁鹊的话呢？他威严地喊道："大胆刁民，竟敢口出狂言！给我打！"

扁鹊发觉这些人实在是愚蠢至极，于是把刚救活的那个男人拉过来，指着他的肚子说："你们检查一下他的肚子，那上面有我刚刚为他缝好的伤口！他的身体里，有我给他装的狼心和狗肺！"说完这话，扁鹊一跺脚，便化作一缕青烟消失了！众人这才慌了神，连忙检查那个男人，果然在他身上发现了刚缝合好的伤口。

随后，县官派人去山里调查，果不其然，在男人躺过的地方旁边，躺着一只没有心的狼和一条没有肺的狗。大家恍然大悟，原来这个男子是一个忘恩负义之人啊！

后来，人们就用狼心狗肺这个成语形容忘恩负义或是心肠歹毒的人。如果有人做丧尽天良的事情，例如生产假药害人，人们也会说："他们真是狼心狗肺！"

小朋友，今天这个小故事有意思吗？不过，这只是其中一个传说，狼心狗肺这个成语还有其他的传说呢，小朋友也可以自己去找找看。

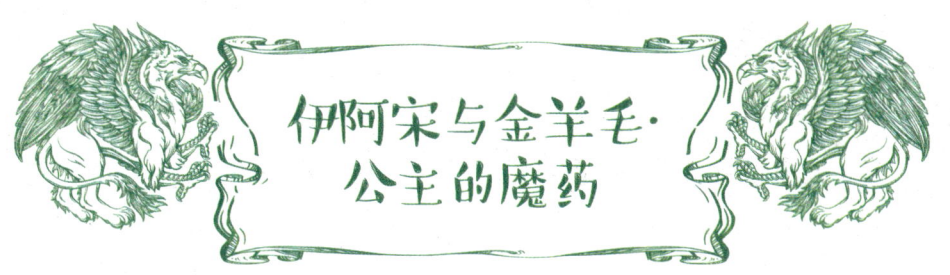

伊阿宋与金羊毛·公主的魔药

伊阿宋恳请国王把金羊毛给他们,并承诺以后会跟国王结成同盟兄弟,只要国王需要,他们就会义不容辞地前来帮助。

埃厄忒斯心里冷笑着,脸上却装出善意的模样。他想:这些毛头小子,敢来这里挑战我!那我就好好跟他们玩玩吧!埃厄忒斯打定主意后,大笑着说:"哈哈哈,好说好说,我一向都敬佩勇敢强大的英雄,金羊毛也应当属于英雄。不过你们是英雄还是懦夫,我可不确定。这样吧,我给你们一个考验任务,如果你们能通过,我就把金羊毛送给你们。"

伊阿宋顿时两眼放光，惊喜地问道："什么考验？就算是刀山火海，我们也愿意去！"

埃厄忒斯摆摆手说："简单！简单！你们要派一个人出来，完成我所做过的事。我有两头神牛，脾气有些暴躁，不受控制，它们的蹄子是钢铁做的，鼻子还会喷火。我可以驾着它们耕地，在地里种下毒龙的牙齿。地里会长出无数凶恶的战士，这时候我会把他们全部打败。这些就是我做过的事，如果你们有人能做到，我就让你们带着金羊毛回家。"

一听这话，国王的外孙们吓得面色发灰。伊阿宋不知道情况，但他们可知道，那神牛疯狂得要命，光是鼻子里喷的火都能烧死伊阿宋他们；而地里长出来的战士，个个武艺高强，如果伊阿宋他们只派一个人出来，那怎么可能打得过？四兄弟刚想阻止伊阿宋，就听见伊阿宋说："好！我接受您的考验！"

埃厄忒斯心里冷哼一声："这个不知天高地厚的小子，我倒要看看你怎么死！"他假笑着说："好啊，我期待大英雄的表现。"伊阿宋鞠躬说:"挑战的日子由您定,谢谢您的款待,我们就先告辞了。"

伊阿宋带着人走了,四兄弟中那位叫阿耳戈斯的王子也跟他们一起离开,其他兄弟则留在王宫里观察国王的动向。

这些人都没有注意到小公主,也就是四兄弟的小姨美狄亚,她一直在偷看伊阿宋。她因为伊阿宋的笑容而开心,看见伊阿宋皱起眉头又难受。当听到父亲给伊阿宋的考验时,美狄亚差点晕了过去。她心慌意乱地回到房间,颤抖地自言自语道:"怎么办?怎么办?伊阿宋一定会死的,父亲真是狠心。"说着说着就哭了起来。她在心里暗暗地骂自己:"这个外乡人和你有什么关系?他如果战死那就是他的命,你担心什么?"虽然她恨自己不理智,可她还是忍不住跪下向地狱女神祷告:"女神啊,求求你救救他吧,让他安全地回家吧。"

美狄亚在王宫里为伊阿宋祈祷,与此同时,停在海岸边的那艘大船则被压抑低沉的气氛笼罩着,大家都不知该如何是好。有人提议:"这国王分明是要置我们于死地!不如放弃金羊毛吧,保住性命要紧!"但性急的忒拉蒙立刻跳出来反对说:"不行,我们必须应战!取金羊毛是我们的使命,怎么能就这样临阵脱逃呢?"其他英雄也激昂地回应道:"是啊,逃命比死还可耻!"这时候,一个声音问道:"国王埃厄忒斯只许一个人应战,我们派谁去呢?"

大家一时都沉默了,伊阿宋率先站出来说:"当然是由我去了。兄弟们陪我航行已经很不容易了,这最后的难关要由我来闯。如果我死了,你们就赶紧逃命吧,我担心国王是不会放过大家的。"

大家都沉默地低下了头,仿佛此刻就要生离死别。四兄弟中的阿耳戈斯连忙安慰大家说:"兄弟们,我有个办法可以让伊阿宋不用搭上性命。"

"什么办法?快说!快说!"大家猛地又振作了起来。阿耳戈斯神秘地说:"我母亲的妹妹美狄亚公主,她跟地狱女神学会了使用一种神奇药水的方法,这种药水据说会让人战无不胜。不过……我就怕她不答应。"阿耳戈斯说道。

希腊英雄珀琉斯惊喜地问道:"真的吗?那一定要得到药水啊!可不可以让大公主去说服她?美狄亚也许会听姐姐的话。"阿耳戈斯皱着眉说:"我也不确定,但我可以让我母亲试一试。"伊阿宋拍拍阿耳戈斯的肩膀说:"好,这件事就拜托你了。"

阿耳戈斯立刻返回王宫,打算让母亲去说服美狄亚公主帮助希腊人配制魔药,搭救伊阿宋。大公主听了儿子的请求,犹豫不决。而小公主美狄亚此时也正受着煎熬。她好想帮助伊阿宋,可又怕父亲怪罪自己。她夜不能寐,噩梦不停地纠缠着她。她快被折磨疯了。最终,她忍不住跑去找姐姐哭诉,把可怕的梦境告诉姐姐:"姐姐,我不知道该怎么办,我做了个噩梦,梦见父亲杀了你的四个儿子,也杀了那些希腊人。"

大公主吓得不得了,她惊恐地说:"啊?你说父亲杀了我的儿子?你是祭司,你做的梦恐怕会变成真的……

这、这可怎么办？我的儿子啊！"说着就哭了起来。她恳求妹妹美狄亚："救救我的儿子吧，你帮帮那些希腊人，也让我儿子活下去。"

美狄亚一听姐姐也想让自己帮助伊阿宋，就不再犹豫了。爱情之火燃烧着她，她忘记了纠结和羞愧，想到能帮助伊阿宋就非常开心。美狄亚红着脸说："姐姐，我会配好魔药，你告诉他们，让伊阿宋明天来神庙找我，我会把魔药交给他。"大公主一把抱住妹妹说："真的吗？谢谢妹妹，是你保全了我的孩子们的性命。我现在就去告诉他们。"说完就冲出了宫殿。美狄亚悄悄调配好了魔药，期待着明天的到来。

天刚破晓，美狄亚就迫不及待地梳洗打扮。她欣喜地穿上自己最美的衣服，戴上最好看的首饰，坐上了去往神庙的马车。她手里拿着的魔药叫普罗米修斯魔药。为什么要叫普罗米修斯魔药呢？原来，普罗米修斯被绑在高加索山上，每天被老鹰啄食肝脏，他身上流下的鲜血渗入土地，长出幼芽，生成树根，这种魔药就是用高

加索山上的那些树根的黑汁做成的。这种魔药能帮助伊阿宋完成任务吗?小朋友,我们后面再接着讲吧。

跟着名著去探秘
弥诺斯迷宫是真实存在的吗

小朋友，喵博士又要带你跟着名著一起去探索秘密啦。我们要探索的秘密是：克里特岛的弥诺斯迷宫是真实存在的吗？

你还记得吗？在《公主的魔药》这篇故事里，国王为了不让伊阿宋拿到金羊毛，打算用自己的两头神牛把他打败！到底伊阿宋能否战胜神牛呢？我们要在以后的故事里才能知道答案。

不过，喵博士现在想给大家说说希腊神话中另一头奇特的牛。这头牛拥有牛的头和人的身体，名叫弥诺陶洛斯。它被关在希腊克里特岛上的一座迷宫里。

你们知道克里特岛吗？其实，宙斯小时候就在克里特岛生活过。那时，他妈妈怕他被第二代天王吞到肚子里，就把他藏到了克里特岛！后来，宙斯当上众神之王以后，把人间的欧罗巴拐走，也是拐到了克里特岛。这里算得上是欧洲的源头。

欧罗巴和宙斯生了三个儿子，其中一位叫弥诺斯，他后来成了克里特岛的国王。我们刚才说到的半人半牛的怪物——弥诺陶洛斯，就是被弥诺斯关在迷宫里的。这座迷宫非常有名，一般人进去就出不来。

后来，在迷宫里发生了一个著名的事件，那就是雅典王子忒修斯大战迷宫怪牛的故事。这事儿还得从国王弥诺斯说起。他对雅典这座城邦充满了仇恨，因为他的儿子曾经在那里被人杀害了。为了报复，弥诺斯求父亲宙斯惩罚雅典人，给雅典带去瘟疫，除非雅典人定期给弥诺斯送上七对童男童女，否则瘟疫永远不会消除。被送来的童男童女会有什么样的命运呢？那就是被国王弥诺斯关进迷宫，给怪牛弥诺陶洛斯当食物。

雅典人知道被送去克里特岛的孩子们会有什么样的悲惨结局，但为了整个雅典不被瘟疫毁灭，不得不一次又一次含着泪把七对童男童女送到克里特岛。到了第三次要送孩子的时候，勇敢的雅典王子忒修斯挺身而出！他决定假扮其中的一个孩子，进入迷宫去杀死怪牛，让它再也不能祸害人间！

临出发前，忒修斯的父亲十分担心自己的儿子。忒修斯为了让父亲早点安心，告诉父亲，如果他胜利归来，就在船上挂起白帆；如果船上挂的还是和出发时一样的黑帆，那就说明自己失败了，没能活着回来。

王子忒修斯一路跋涉，终于来到了克里特岛。克里特的公主对忒修斯一见钟情。公主一心想要帮助忒修斯，她交给忒修斯一个线团，用来在迷宫里指引方向。

忒修斯和其他十三个孩子一起进入了迷宫。在进迷宫之前，他将线头缠在门栓上，好让自己进去后能再顺着线头找到出来的路。当忒修斯见到怪牛弥诺陶洛斯后，他举起宝剑和怪牛进行了殊死决斗！最终，英勇的忒修斯成功杀死了怪牛，并带着孩子们顺利逃出了迷宫！

忒修斯原本打算把帮助他的公主带回家乡，但却得到神的指示，说如果他把公主带回去，将会给家乡带来巨大的灾难。忒修斯无奈之下，只好把公主留在途中的岛上。这位公主后来成为了酒神的夫人。忒修斯在回来的路上，心情复杂，一时忘了要把船上的黑帆换成象征胜利的白帆。他的父亲，也就是雅典的老国王在岸边等着忒修斯的船回来，远远看到船上挂着黑帆，以为儿子已经被怪牛吃掉了，伤心欲绝，纵身跳进了大海。而这片大海，就是爱琴海。小朋友可以在地图上找找爱琴海在哪里哟。

以前，人们以为克里特岛的迷宫只是希腊神话里的一个传说。不过，在100多年前，人们在希腊克里特岛上，真的发现了一座古老的迷宫遗址，也许，它就是传说中的那座弥诺斯迷宫吧。

《迷宫中的忒修斯与弥诺陶洛斯》

作者：［英国］爱德华·科利·伯恩·琼斯（1833—1898），画家、图书插画家，英格兰浪漫主义流派的代表。

收藏地： 伯明翰博物馆和美术馆。这是一家坐落于伯明翰的综合性博物馆。

图片来源：公共领域
https://commons.wikimedia.org/wiki/File:Edward_Burne-Jones_-_Tile_Design_-_Theseus_and_the_Minotaur_in_the_Labyrinth_-_Google_Art_Project.jpg

作品简介：找呀找呀找怪牛，找到一头大怪牛，哈哈！为避免迷路，忒修斯带着线团深入迷宫，他手持父亲的利剑，在迷宫深处与弥诺陶洛斯狭路相逢，最终战胜了对手，并成功逃出了迷宫。这幅画由铅笔和钢笔绘制而成，作者将这一冒险场景表现得很轻松，大怪牛好像在迷宫里玩捉迷藏的游戏呢，看起来有没有觉得很卡通呀？

《忒修斯战胜半人马》

作者：[意大利]安东尼奥·卡诺瓦（1757—1822），著名雕刻家和建筑师。从他的作品开始，西方雕塑从戏剧化的巴洛克时期进入到以复兴古典风格为追求的新古典主义时期。

收藏地：奥地利维也纳艺术史博物馆。该馆除藏有大量皇室珍品之外，还珍藏了卢本斯、伦勃朗、丢勒、拉斐尔、提香等著名画家的作品。

图片来源:Wikimedia Commons
https://commons.wikimedia.org/wiki/File:Canova_-_Theseus_defeats_the_centaur_-_close.jpg

作品简介:这是忒修斯的另外一个故事——忒修斯斩杀了在婚礼上闹事的半人马。历经15年的时光,雕塑大师卡诺瓦完成了这一旷世奇作,身体前倾的忒修斯与卧倒在地的半人马形成了三角形体态,作者通过塑造忒修斯在战斗中优美的造型,充分展现了这位英雄的力量和勇气。

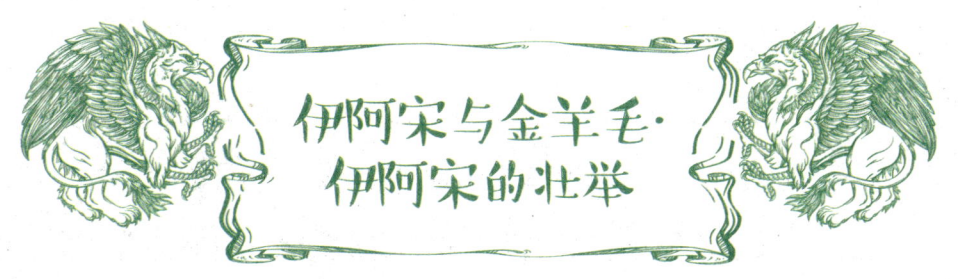

伊阿宋与金羊毛·伊阿宋的壮举

公主美狄亚同意为伊阿宋他们配制魔药，帮助伊阿宋完成国王交给他的考验任务。美狄亚配好了魔药，在神庙等待伊阿宋的到来。她坐立不安地等啊等，终于等来了伊阿宋。赫拉施了个法术，让这天的伊阿宋格外英俊，整个人灿烂得像一颗星星，美狄亚痴迷地看着伊阿宋。伊阿宋先咳了一声打破平静，美狄亚这才回过神来，害羞地低下了头。

伊阿宋说："公主，我请求你给我那种神药，无论你有什么条件我都会答应。"美狄亚把药递给伊阿宋，告诉他，要在战斗前把魔药涂满全身，这样他就可以获得巨大的能量。不但别人杀不死他,他的战斗力也会增强许多倍。公主又告诉他,在与地里长出来的战士决斗时,要使用计策让他们自相残杀,然后再趁机将其打败。最后,公主美狄亚依依不舍地流着泪说:"我会永远想念你的,请你回到家乡也不要忘了我。"伊阿宋感激地安抚了她一番,之后便告辞回到了船上。

接受考验的日子很快就到了,国王埃厄忒斯穿上坚硬闪亮的铠甲,戴上黄金头盔,手里拿着四层牛皮的盾牌。这盾牌非常沉重,除了他和大力士赫拉克勒斯,根本没有其他人能拿得动。他坐在儿子驾着的马车上,打算亲眼看看伊阿宋是怎么死的。

伊阿宋按照美狄亚的吩咐,先是祭拜了天神,接着在全身、宝剑、盾牌上都涂满魔药。同伴们好奇魔药是否管用,就试着用剑去攻击伊阿宋。果然如美狄亚所说,伊阿宋现在刀枪不入,任何武器都伤害不了他。大家激动地说:"这下好了!我们一定能赢!"

伊阿宋威风凛凛地上了战场,神牛喷着火焰就向他冲了过来，围观者都吓得捂住了眼睛。可伊阿宋丝毫没感觉到火的炙热，在牛冲过来的一刹那握住了牛角。他用力和牛对抗，迫使两头牛都跪在地上，然后快速把铁犁套在牛身上。狂躁的牛挣扎了半天，终于乖乖就范。下午，整块土地全部翻耕好了，伊阿宋把提前取来的毒龙牙齿播种下去，等待长出战士。很快，田地开始摇晃，地里冒出了特别的"庄稼"——一个个全副武装的战士。整个田野闪耀着盾牌、长枪和盔甲的银光，灿烂夺目。

伊阿宋照着美狄亚的吩咐，搬起一块巨石朝着战士们砸过去，然后迅速用盾牌把自己隐藏起来。果然，那些战士开始互相厮打，看台上的埃厄忒斯国王目瞪口呆，他从来不知道这个方法。当战士只剩下最后几个时，伊阿宋犹如天神降临般冲出来，咻咻几剑就战胜了所有对手，战士们化作泥土不见了。就这样，伊阿宋胜利了！大家欢呼着冲过来，把伊阿宋高高地抛起、接住、抛起……国王惊呆了，惊慌地跟大臣们回去商量对策。

伊阿宋和其他英雄们则跟着公主美狄亚赶到树林里

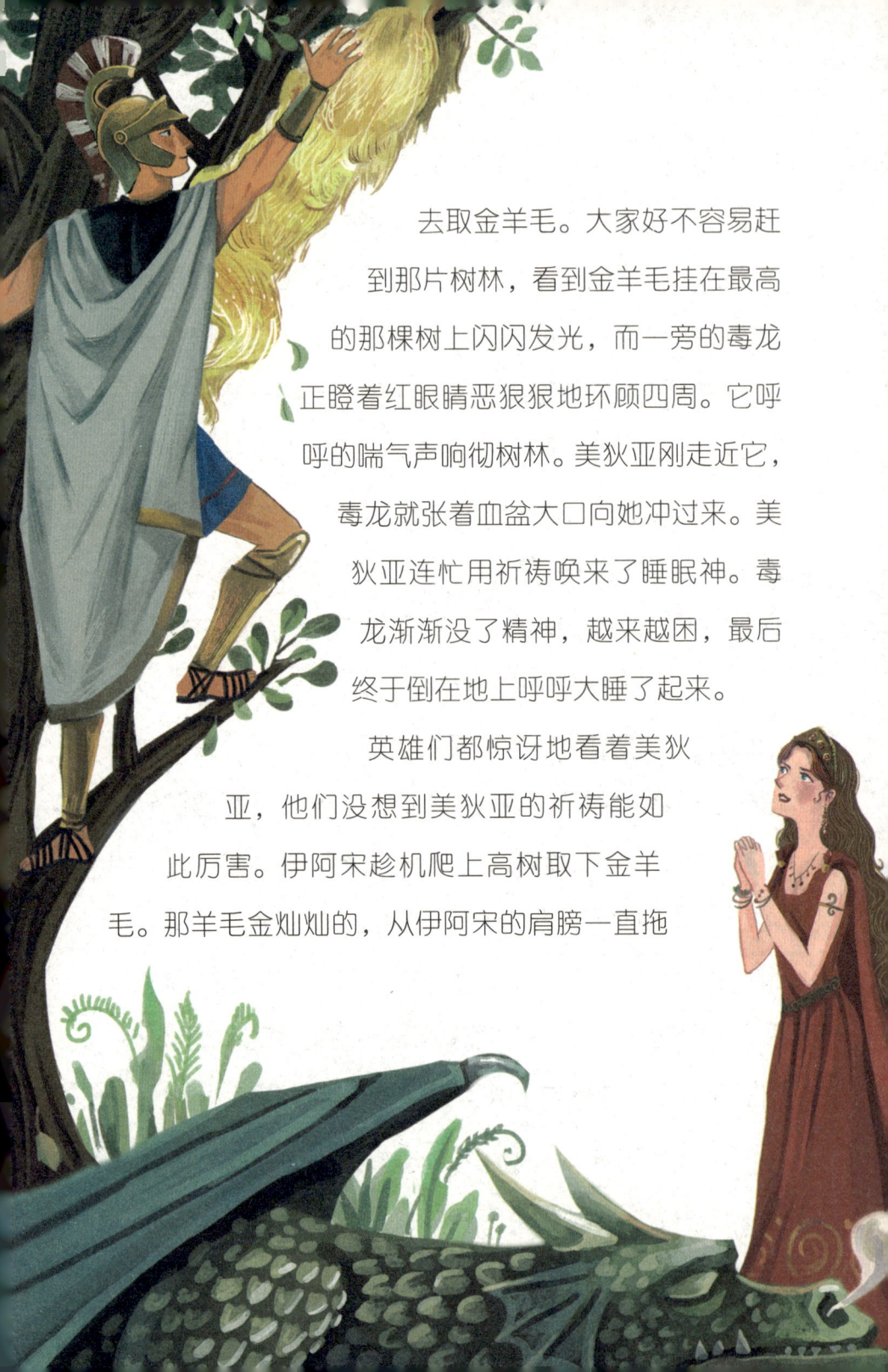

去取金羊毛。大家好不容易赶到那片树林，看到金羊毛挂在最高的那棵树上闪闪发光，而一旁的毒龙正瞪着红眼睛恶狠狠地环顾四周。它呼呼的喘气声响彻树林。美狄亚刚走近它，毒龙就张着血盆大口向她冲过来。美狄亚连忙用祈祷唤来了睡眠神。毒龙渐渐没了精神，越来越困，最后终于倒在地上呼呼大睡了起来。

英雄们都惊讶地看着美狄亚，他们没想到美狄亚的祈祷能如此厉害。伊阿宋趁机爬上高树取下金羊毛。那羊毛金灿灿的，从伊阿宋的肩膀一直拖到地上。伊阿宋对大家说："国王埃厄忒斯的人快追上来了，我们赶紧走吧！还有，请大家务必尊重美狄亚，我要把她娶回家！如果没有她，我们就成功不了，大家要把她当作我们的恩人一样对待。"英雄们都连声赞同。大家赶紧跑回船上，使劲地摇起船桨，没多久就到了入海口。

国王埃厄忒斯知道这一切以后，非常愤怒，派人去追赶那群希腊人，还有自己的女儿美狄亚！最终，伊阿宋他们在女神赫拉的保护下，顺利地离开了国王的地盘，也就是科尔喀斯王国，离开了这个带给他们磨难和荣誉的地方。

在前行的路上，赫拉继续保护着希腊人，她让海洋女神忒提斯照顾他们的航行。忒提斯用大风吹着船儿快速前进。

但回程的路并不是一帆风顺的。其中最为可怕的，是途经一座充满恐怖之歌的岛屿。伊阿宋早就听说过，那座小岛上有一群名叫塞壬的女妖。她们一半像鸟，一半像女人，总是蹲在海岸上，眺望着远方。她们拥有无与伦比的动人歌喉，只要她们开口唱歌，附近的人就都会被吸引，不知不觉地向她们靠近。但她们的歌其实是死亡之歌，被她们的歌声所诱惑的人们，最后都会坠入海里而死。

伊阿宋眼见着大船就快要经过这恐怖的岛屿，很是焦虑，担心船上的英雄们听到歌声无法控制自己，走上死路。果然，塞壬女妖的歌声传来了。英雄们个个魂不守舍，其中一位一下子就跳进了大海，去追逐那令人神魂颠倒的歌声，幸好后来被救了起来。

女妖魅惑的歌声不断地从岛上传来。在这危急时刻，船上的音乐家俄耳甫斯抱起他的琴，弹奏起来。琴声是那么美妙悠扬，很快就盖过了塞壬女妖的歌声，船上的英雄们这才回过神来，快速远离了这恐怖的小岛。

后来，伊阿宋和美狄亚在返程的途中举行了婚礼。他们和船上的英雄们又吃了许多苦头才回到希腊。这之后，英雄们的名字传遍了希腊，他们的勇敢无畏被世人所称颂，金羊毛带给他们无上的光荣。

可是，故事后来的结局并不美好。美狄亚因为背叛了父亲和自己的国家，始终生活在自责和痛苦中，她后来和伊阿宋的婚姻也并不幸福。金羊毛带来了荣誉，最终却并没有给他们带来幸福。

伊阿宋与金羊毛的故事，我们就讲到这里了。接下来，要给大家讲讲大力士赫拉克勒斯的故事，你还记得他吗？就是那位和伊阿宋他们一起出海夺取金羊毛，但却在中途被落下的大力士。他身上发生了哪些惊心动魄的故事呢？小朋友，我们后面再接着讲吧。

《伊阿宋与金羊毛》

作者：［丹麦］巴特尔·托瓦尔森（1770—1844），新古典主义雕塑家，曾被视为雕塑大师卡诺瓦的继任者，他的作品有许多取材于希腊神话。他的大部分作品保存在哥本哈根的托瓦尔森博物馆中，该博物馆以他的姓氏命名，里面的藏品均由托瓦尔森创作或收藏。

收藏地：丹麦哥本哈根托瓦尔森博物馆。

作品简介：读完故事，相信小朋友一定会好奇，这个金羊毛究竟长什么样啊？这不，喵博士就从盛产童话和有美人鱼（雕像）出

图片来源：Wikimedia Commons
https://commons.wikimedia.org/wiki/File:Jas%C3%A3o_e_o_Velo_de_ouro_-_Bertel_Thorvaldsen_-_1803.jpg

没的丹麦找来了这座雕像。该雕塑就取材于希腊神话《夺取金羊毛》的故事,身材健壮的伊阿宋左臂上挂着金羊毛,右手将利剑搭在自己的肩上。历经了艰难险阻和各种考验,伊阿宋终于得到了金羊毛,伴随着金羊毛带来的荣誉,他以一副胜利者的姿态出现在我们面前。

跟着名著去探秘
"警报"的英文"siren",竟是女妖的名字

小朋友,你已经读完金羊毛的故事了,真是太厉害了!现在,喵博士要带你跟着名著一起去探索一些秘密。我们要探索的秘密是:"警报"的英文"siren",竟是女妖的名字?

在故事里,成功取回金羊毛的伊阿宋带着各位英雄,在回去的路上遇到了很多困难,其中最恐怖的就是遇到有着动人歌声的塞壬女妖。她们的歌声有一种魅惑人心的魔力,让人因控制不住自己而坠海丧命。伊阿宋他们靠着音乐家俄耳甫斯的琴声,才躲过一劫。

看来,塞壬女妖的歌声就像海上刺耳的警报一样,哪里有歌声，就意味着哪里有危险！塞壬的英文名是Siren，大家猜猜看，她的名字后来在英语中变成了什么意思？对啦，它变成了警报的意思。塞壬女妖迷人的歌声诱惑了船员，她们的歌声就是危险的警报。现在，你们能记住"警报"的英文单词怎么写了吗？

不过，这些可怕的塞壬女妖是从哪里来的？她们的背后又有哪些神秘的故事呢？

传说塞壬女妖都是天神的女儿。她们本来是人面鸟身，也就是人的面孔、鸟的身体，各自有着一对美丽的翅膀。她们唱歌十分动听，可她们太自大了，居然狂妄地去挑战缪斯女神，还羞辱女神。我们在前面给大家讲过缪斯女神的故事，九位缪斯女神在文艺方面各司其职，个个都厉害得不得了！最后，掌管音乐的缪斯女神迎战塞壬。塞壬不仅输掉了唱歌比赛，还因为狂妄自大，被天神折断了翅膀，再也不能飞翔了。

失去翅膀的她们只好住在海岛上，在海岸边游来游去。从此，塞壬变成了海妖，她们凭借天籁般的歌声诱惑来往的船只上的水手。听到歌声的水手会被歌声魅惑而失去理智，船只会不知不觉地撞上岩石，而水手们也会控制不住自己，跳入海中身亡。

自从塞壬女妖在小岛上定居后，经过这里的人很少有活下来的。除了伊阿宋他们，还有一位大英雄也挑战了塞壬女妖。这位大英雄就是从特洛伊战争中获胜的国王奥德修斯，他带着战士们在回乡的途中经过了这片海域。塞壬女妖居住的小岛隐约可见，恐怖的气息笼罩着他们的船只。

奥德修斯被认为是希腊神话中最有智慧的一位国王。他下令所有战士用蜂蜡堵住耳朵，这样就听不到塞壬女妖的歌声了！然而，奥德修斯却没有把自己的耳朵堵住，他想亲耳听听这令人胆战心惊的歌声。他让船员把自己的手脚捆住，并用铁链紧紧地绑在桅杆上。塞壬的歌声悠悠地传来了，这歌声仿佛冰冷的双手抚摸着奥德修斯的面庞，死亡的气息像迷雾一样弥漫在茫茫的大海上。

听到歌声的奥德修斯疯狂地大吼起来:"放开我!快放开我!"他的身体在桅杆上奋力扭动,想要挣脱铁链,投入女妖的怀抱!然而,堵上了耳朵的战士们拼命向前划船,无论奥德修斯怎么挣扎,他们都不管不顾!

不知过了多久,海上的迷雾渐渐散去,海妖的歌声也逐渐消失,大汗淋漓的战士们终于停止了划桨。他们胜利了!

奥德修斯和战士们逃离塞壬女妖所在海域的故事是不是特别惊心动魄啊?那么你们还记得刚才我们说的,塞壬女妖的英文名"Siren"是什么意思吗?是警报的意思哟。

小朋友,你可以去考考爸爸妈妈,问问他们:知不知道"siren"这个单词是什么意思?这个单词来自谁的名字?

《塞壬图案陶瓶》

作者：不详。

收藏地：英国伦敦大英博物馆。

图片来源：Wikimedia commons
https://commons.wikimedia.org/wiki/File:Odysseus_Sirens_BM_E440.jpg

作品简介： 陶瓶上的画面表现的正是前面我们所讲的故事，这是一个非常紧张的时刻，当奥德修斯的航船经过塞壬所在海域时，两个女妖盘踞在两侧的礁石上对着船唱着魅惑人心的歌，一个女妖则俯冲下来。奥德修斯被绑在了船的桅杆上，仿佛在嘶喊尖叫，其他船员只得拼命划着船尽快离开。好在冲出这片海域后，他们就都安全了！小朋友，别看这只是个黑瓶子，这种古希腊陶瓶在2500年前是非常有名的工艺品呢！这些瓶画展现的事件、场景及图案，表现出了当时古希腊社会的繁荣状况和艺术成就，不仅有助于我们研究和了解古希腊文明，更为日后欧洲工艺美术的发展和兴盛奠定了美学的基础。

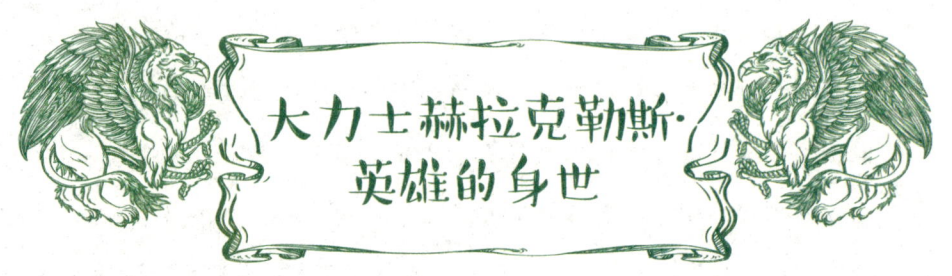

大力士赫拉克勒斯·英雄的身世

小朋友还记得大力士赫拉克勒斯吗？前面我们讲伊阿宋夺取金羊毛的故事的时候，提到过这么一位特别的英雄。当伊阿宋他们在只有女人的楞诺斯岛上享受生活、流连忘返时，是大力士赫拉克勒斯找到他们，把他们大骂一顿，这才让大家清醒了过来，重新踏上夺取金羊毛的征程。

但有一天，他们停靠在一座小岛休息时，大力士去树林里砍树做船桨，一直没有回来。后来，一位海神告诉船上的人，不要担心赫拉克勒斯，也不用回去找他，因为他有其他重要的任务要完成。他后来完成了什么任务呢？从这里开始，我们就好好讲讲大力士赫拉克勒斯的故事。

这位大力士，他是珀耳修斯家族的后代。小朋友还记得珀耳修斯吗？他就是那位制服了妖女美杜莎的大英雄。他后来是亚各斯国的国王。他的很多孩子都成为了了不起的英雄。

大力士赫拉克勒斯其实是天神宙斯的孩子。他的妈妈是珀耳修斯族的孙女，名叫阿尔克墨涅。阿尔克墨涅后来嫁给了一位凡人国王，这位国王则认了赫拉克勒斯做名义上的孩子。

当赫拉克勒斯还在妈妈肚子里的时候，宙斯有一次不小心跟众神泄露了一个秘密："这个珀耳修斯家族真是个伟大的家族，这个家族的子孙都会很了不起。这个家族，以后会由即将出生的那个孩子来统领。"宙斯虽然没有明说，但众神都知道：这个即将出生的孩子不就是宙斯的孩子嘛！大家心领神会地奉承道："是啊，这孩子命运非凡，除了他，还有谁能配得上这个位置呢？"

看大家都称赞这孩子，宙斯作为父亲骄傲地点了点头。就在大家其乐融融的时候，天后赫拉却在一旁气得咬牙切齿，她心想：宙斯，那个孩子让你这么骄傲，我偏偏不让你如意！她嘲讽地一笑，眼神中满是算计。

她先是让珀耳修斯家族的另一个孩子——欧律斯透斯早产。这样一来，宙斯预言中的统领者就变成了欧律斯透斯。赫拉觉得还不够解气。等赫拉克勒斯出生后，赫拉又在想着要怎么除掉这个孩子。当她这么想的时候，赫拉克勒斯的母亲——阿尔克墨涅打了个寒战，她心底突然涌起一阵不安的感觉。直觉告诉她，如果把赫拉克勒斯留在身边会有危险，于是，她连忙命令仆人先把孩子藏在野外的田地里。

恰巧雅典娜和赫拉结伴经过这里，听力灵敏的雅典娜听见了孩子的啼哭声，循着声音找去，发现有个婴儿在田地里哇哇大哭。她怜爱地抱起孩子，哦哦地哄着。她对赫拉说："这孩子应该是饿了，你生过孩子，还有乳汁，就先喂喂他吧。"赫拉虽然脾气不好，但母性让她心软了,她接过小孩喂奶。可赫拉克勒斯吃着吃着忽然一咬,疼得赫拉松开了手,孩子差点掉到地上,幸亏被雅典娜接住了。

雅典娜说:"这样也不是办法,我们把他送给刚生育不久,还有乳汁的母亲吧。"赫拉皱着眉点点头,这时候她还没看出来,这个婴儿就是宙斯的孩子赫拉克勒斯。

雅典娜灵机一动,说道:"珀耳修斯家的阿尔克墨涅不是刚生下孩子,还在喂奶吗?不如把这个孩子送给她抚养吧。"于是她们把婴儿放在了阿尔克墨涅的房间里。人是看不见神的,阿尔克墨涅突然看见房间里有个摇篮,上前一看,啊!里面躺着的,不正是自己的儿子赫拉克勒斯吗?她惊喜地抱住孩子亲了又亲,激动地说:"我的孩子,你回来了!"

赫拉一听就黑了脸,那孩子居然是赫拉克勒斯,她竟然给仇人的儿子喂奶了!赫拉气得瞪大眼,恨恨地说:"不行,我一定要除掉赫拉克勒斯。"可是已经晚了,赫拉克勒斯原本力气就大，喝了赫拉的乳汁后，更是获得了超乎想象的力量。

夜晚，赫拉放了两条蛇潜入赫拉克勒斯的房间，盘在他身上，打算勒死他。还是婴儿的赫拉克勒斯迷糊间觉得脖子上冰冰凉凉的，有些喘不过气来。他皱着眉，小手一摸，摸到两个滑溜溜的东西，他轻轻一捏，两条蛇就断气了，赫拉克勒斯这才舒舒服服地又继续睡觉。半夜，侍女来房间查看，看到赫拉克勒斯手里的蛇，吓得一边尖叫一边往外跑："快来人啊！快来人啊！"母亲阿尔克墨涅听到喊声，急忙赶来，一看到眼前的场景，更是差点吓晕了过去。

侍卫们也闻声赶来，他们以为王宫里进贼了，结果却看到了赫拉克勒斯手中死掉的蛇，一个个惊讶得张大了嘴。国王也来了，他看到这孩子竟然有如此神力，哈哈大笑道："这小不点竟然如此厉害，必定有不凡的命运，快请预言家来，让他测一测小家伙的命运。"预言家占卜之后，说："恭喜国王、王后，这孩子命运非凡，他将成就一番英雄伟业,他的美名将传遍希腊。"

国王听了这话满心欢喜,决心好好栽培这孩子。他从各处请来鼎鼎有名的英雄教孩子各项技能,比如射箭、驾车、搏斗等。但是,因为赫拉克勒斯力气大得惊人,所以没少惹下麻烦。他如果跟普通人嬉戏打闹,一不小心就会弄伤别人。最严重的一次,他的音乐老师体罚他,用鞭子狠狠地抽打他,他原本只是想稍微地抵抗一下,结果竟然失手把老师打死了。这可真是罪大恶极啊!大家把他押送到法庭审判，嚷嚷着要判处他死刑。法官在仔细询问后，认为赫拉克勒斯是在正当防卫时误伤了老师，虽然有罪，但罪不至死，再加上他年纪还小，于是罚他回家好好反省。

国王害怕赫拉克勒斯继续伤害别人，就让他去乡下牛场去锻炼。在牛场里，赫拉克勒斯长成了一个高大魁梧的男子汉，不仅力大无穷，而且武艺高强，射箭百发百中。

随着自己一天天长大，赫拉克勒斯开始思考一个问题：拥有这一身功夫的他，以后到底该做个什么样的人，要做什么样的事呢？就在他困惑的时候，两个高贵的妇人出现在了他的面前，她们向赫拉克勒斯指出了两条截然不同的人生道路。

小朋友，我们这次要讲的小魔法是成语。你们有没有发现这篇故事里有很多成语呢？看看哪些小朋友能找到故事里的成语。我相信，如果你们重新读一遍，就一定能找到。

现在，我们就从故事的开头来讲起吧。故事里说：

> 当伊阿宋他们在只有女人的楞诺斯岛上享受生活、流连忘返时，是大力士赫拉克勒斯找到他们，把他们大骂一顿，这才让大家清醒了过来。

谁能说出来，这里面有没有成语？

对了，这里有一个成语"流连忘返"。有人知道这个成语是什么意思吗？它意思是说呀，人们太喜欢某个地方，以至于不舍得或是忘了离开。

小朋友平时要写很多作文，如果你经常发愁怎么写作文的话，那我们今天的小魔法可以帮上你的大忙啦！今天的小魔法就是——在作文里加上几个成语，就会生动很多！

像我们刚才说的这个成语"流连忘返"，如果你暑假去了什么地方特别好玩，或者是风景特别迷人，就可以用到啦！

例如，小恬恬说："暑假我和爸爸妈妈去了桂林，那美丽的山水真是让人流连忘返！"

小月月也用了这个成语，她说："暑假我去了外婆家，和那里的小伙伴们一起玩耍，又是到小溪里捞鱼，又是到田埂上赛跑，那美好的乡村真是让人流连忘返啊！"

你看，这个成语是不是很好用？

接下来，我们再从故事里找找下一个成语。故事里，宙斯听到众神称赞他即将出生的儿子赫拉克勒斯，心里很是骄傲。但是，"就在大家其乐融融的时候，天后赫拉却在一旁气得咬牙切齿"。

从这句话里，一下子蹦出来两个成语，一个是"其乐融融"，还有一个是"咬牙切齿"。

"其乐融融"指欢乐和谐的景象。例如，小林说："我最喜欢去奶奶家了，一家人围在一起有说有笑的，其乐融融。"

但是赫拉这个"咬牙切齿"，就不是那么欢乐和谐了。"咬牙切齿"是什么意思呢？小朋友想一想，自己特别生气的时候，会不会不知不觉地把牙齿咬得紧紧的？人们常用"咬牙切齿"这个词来形容太生气太愤怒了。我们再来举个例子："那位老奶奶被骗子骗了好多钱。她每次说起骗子，都气得咬牙切齿！"小朋友，你有被气得咬牙切齿的时候吗？

接下来，我们再来找找其他的成语。故事中还有这么一段话：

最严重的一次，他的音乐老师体罚他，用鞭子狠狠地抽打他，他原本只是想稍微地抵抗一下，结果竟然失手把老师打死了。这可真是罪大恶极啊！

这里有个"罪大恶极"，也是成语。它的意思是说罪恶大到了极点。赫拉克勒斯虽然是失手误杀了老师，但仍然是罪孽深重、难以原谅的。我们在看动画片的时候，是不是也经常看到一些罪大恶极的大坏蛋啊？

在这个故事里，还有好几个成语呢。不过剩下的这几个就更简单了，我猜你一看到就知道是什么意思了。我们来看这句话：

赫拉克勒斯长成了一个高大魁梧的男子

汉，不仅力大无穷，而且武艺高强，射箭百发百中。

在上面这句话里，"力大无穷"是个成语，就是力气特别大的意思。是不是特别简单？"百发百中"也是个成语，这也很好理解，就是说射击特别准，每次都射中目标。

小朋友，上面说的这些成语，你都学会了吗？

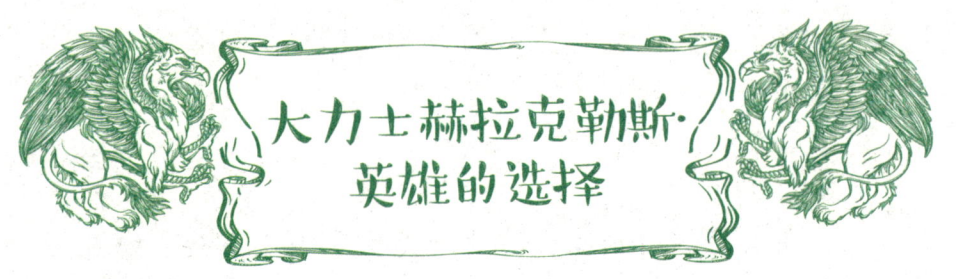

大力士赫拉克勒斯·英雄的选择

赫拉克勒斯长大了,开始思考一个问题,自己有这一身功夫,以后要做个什么样的人呢?这天,他来到一个安静的地方思考自己的未来,面前突然出现了两个高贵的妇人,一个艳丽,一个庄重。

那个艳丽的女人冲着他魅惑地一笑,说:"赫拉克勒斯,你把未来交给我吧。你要是选择未来和我做伴,我可以让你不用辛苦地付出就享尽荣华富贵。吃美食、喝美酒,睡柔软的床,穿华丽的衣服。"赫拉克勒斯诧异地问:"你是谁?"这女人低头一笑,说:"我是幸福女神啊,不过,我的敌人也叫我堕落的祸端,那是他们嫉妒我。"

另一个庄重的妇人严肃地对他说:"赫拉克勒斯,我是美德女神,我知道你的身世、天赋和能力。你如果选择我的道路,我会让你完成伟大的事业,永远被后人称颂。但天上从来不会掉馅饼,你的一切都要凭自己的努力去争取。要想被希腊人爱戴,你就要保护、服务他们。你要想获得英雄的荣光,就要流血、流汗地去战斗。"

幸福女神打断她说:"哎哟,美德女神,快别说了,这条路也太艰难了吧,哪比得上我的路来得快捷轻松呢?还是选我吧。"

美德女神皱着眉严厉地斥责道:"你这坏女神,净做些让人堕落的事儿!你让他们不用付出就能收获,一个个变成了软骨头。你让年轻人放荡挥霍,浪费时光,等到年老时他们才后悔莫及,发现自己一事无成。赫拉克勒斯,选择我的道路吧,奋斗的人生才是真正幸福的人生!"幸福女神狠狠地瞪了美德女神一眼,说:"哼,说这么多有什么用?我们该走了,剩下的让他自己决定吧。"说着就拉着美德女神离开了。

赫拉克勒斯眉头紧锁,他沉思了许久,对自己下了决心:"没错,享受只能让人软了骨头,我要用自己的力量去奋斗,我要让我的名字流传四方,让人们爱戴我、尊敬我!所以,我要选择美德之路!"

在确定了目标后,赫拉克勒斯开始了他的英雄之路。有一次,他在路上遇到几个惊慌逃命的人,他拉住一个问道:"为什么慌慌张张,发生什么事了?"那个人惊恐地说:"赶紧逃,后面有狮子在追。这狮子已经不知道吃了多少人!"话还没说完,他们就撒开腿往远处跑去。

"这祸害人间的凶恶狮子!让我去除掉它!"赫拉克勒斯决定为民除害。于是,他埋伏在路边,等着狮子出现。果然,凶猛的狮子咆哮着向他这边走过来。赫拉克勒斯举起一块巨大的石头,向狮子的脑袋狠狠地砸去,砸得狮子眼冒金星。正当狮子吼叫着寻找攻击自己的对手时,赫拉克勒斯已经以迅雷不及掩耳之势,冲上去把剑刺向狮子,结束了狮子的性命。这个祸害百姓的狮子

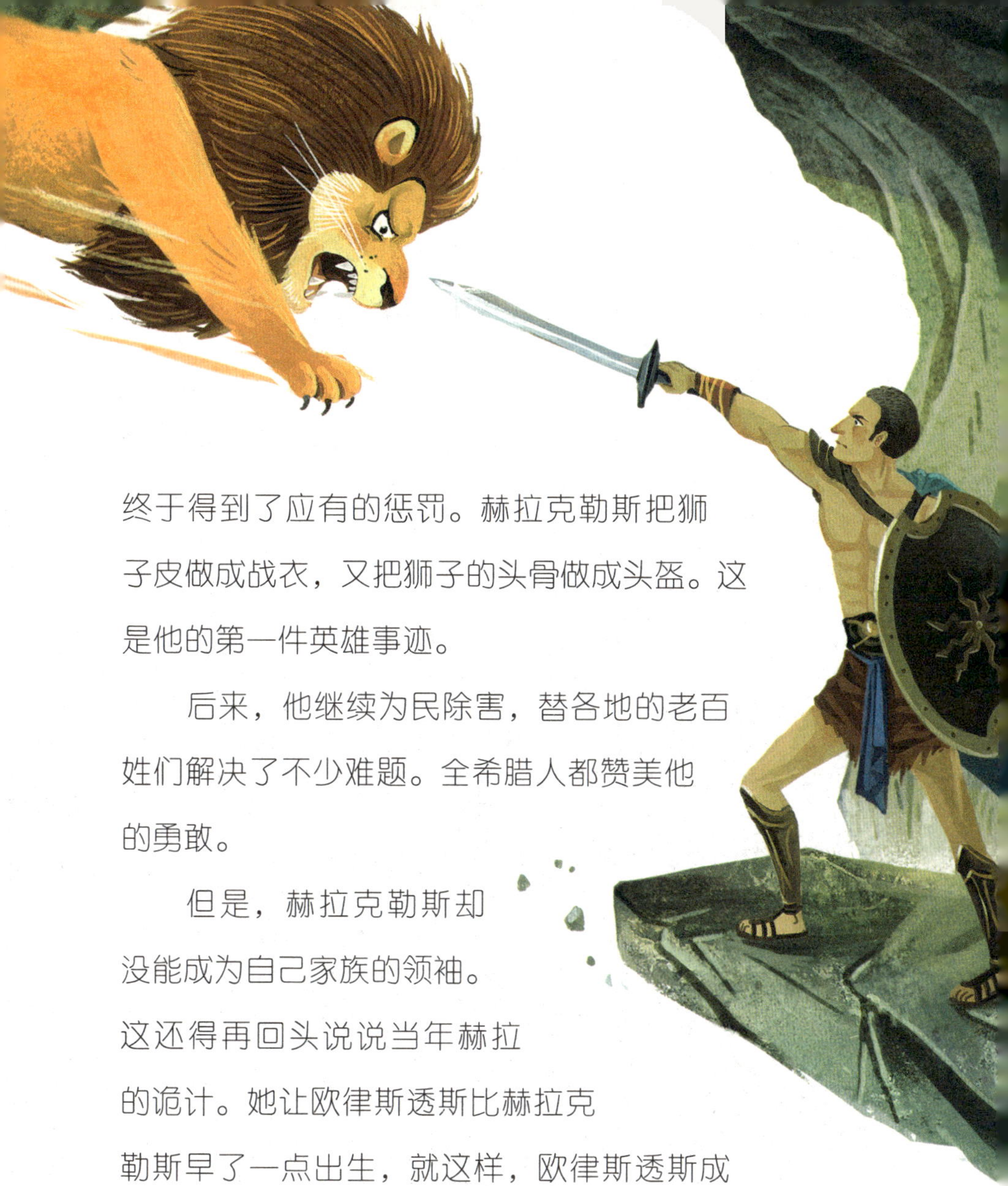

终于得到了应有的惩罚。赫拉克勒斯把狮子皮做成战衣，又把狮子的头骨做成头盔。这是他的第一件英雄事迹。

后来，他继续为民除害，替各地的老百姓们解决了不少难题。全希腊人都赞美他的勇敢。

但是，赫拉克勒斯却没能成为自己家族的领袖。这还得再回头说说当年赫拉的诡计。她让欧律斯透斯比赫拉克勒斯早了一点出生，就这样，欧律斯透斯成为珀耳修斯家族的继承者和领导者，当上了亚各斯国的国王，连赫拉克勒斯也必须臣服于他，听他的命令。可骄傲的赫拉克勒斯哪里受得了，他不满地说："那位国王要实力没实力，要智慧没智慧，哪里都比不过我，我不要当他的臣子！"

心情烦闷的赫拉克勒斯来到特尔斐神庙求神给他指示，他得到的神谕说："只要完成欧律斯透斯的十个任务，就可以获得更光辉的命运。"

"什么？为那个无能的人完成任务？"赫拉克勒斯非常不情愿。但不久之后，他却因为天后赫拉的陷害而在癫狂中闯下了一些大祸。为了弥补自己的过错，他决定接受神谕，去找欧律斯透斯领取任务。

赫拉克勒斯的第一个任务是取回涅墨亚狮子的皮。这涅墨亚狮子可不是普通的狮子，而是一位巨人和一个蛇妖的孩子。巨人名叫提丰，长着一百个蛇头，能喷出比山还高的火焰，非常邪恶。而蛇妖叫厄喀德那，是半人半蛇的女妖。巨人提丰和蛇妖结合，生下了许多邪恶而又强大的怪物，比如地狱恶犬刻耳柏洛斯、九头蛇许德拉、狮头羊身怪喀迈拉、啄食普罗米修斯肝脏的秃鹰，还有狮身人面的斯芬克斯等。而我们刚才说的涅墨亚狮子，不仅巨大无比，而且刀枪不入，任何武器都没办法弄伤它。

但赫拉克勒斯并不畏惧那头臭名远扬的狮子。他走进森林，寻找那可怕的涅墨亚狮子。他在树林里守候了整整一个下午，才在傍晚时分看到狮子从树林中的小路上慢慢走来。狮子舔着嘴边的血滴，看起来刚刚饱餐了一顿。

赫拉克勒斯举起弓箭向狮子连射了两箭，但却根本没伤到狮子。狮子发现了自己的敌人，它把长尾巴夹在两腿中间，脖子因为愤怒而胀得鼓鼓的，它弓着背，大声吼叫着，向赫拉克勒斯扑了过来。赫拉克勒斯连忙丢下手中的弓箭，挥起木棒向狮子砸去，击中了狮子的脖子。狮子跌坐在地上，但马上又跳了起来。它一边吼叫着，一边摇晃着它硕大的脑袋。赫拉克勒斯找准机会冲了上去，从背后紧紧抱住狮子的脖子。他的力气几乎是神力，狮子挣扎了一会儿就不动弹了。

就这样，赫拉克勒斯取下了涅墨亚狮子的皮，回去向欧律斯透斯交差。哪知道胆小的国王欧律斯透斯被神勇的赫拉克勒斯吓得直哆嗦，从此以后再也不敢见赫拉克勒斯，每次有新的任务都让其他人转告赫拉克勒斯。

赫拉克勒斯领到的第二个任务是除掉九头女蛇妖许德拉，它也是巨人提丰和蛇妖厄喀德那的孩子。这九头女蛇妖有九个头，其中八个头都是可以砍掉的，但最中间的那个头却砍不了，砍一次会长出来两个，源源不断、无穷无尽。

这次，赫勒克勒斯带了侄子当助手。一开始，女妖并不正面攻击他们，只是用身子缠住赫拉克勒斯不放，赫拉克勒斯一刀砍下去，女妖长出来两个头，又一刀，又长出来两个头。这可怎么办才好呢？英勇的赫拉克勒斯并不是只有力气，他还充满了智慧。最后他和侄子又是用火烧，又是用土埋，终于压制住了女妖许德拉，让她再也长不出新的头，没法再作恶了。他还用弓箭蘸了女妖带有剧毒的血，这样，以后他的箭射中谁，谁就必死无疑了。

赫拉克勒斯的两个任务已经完成了,那么接下来他还会领到其他什么任务呢?

《赫拉克勒斯和九头蛇》

作者:[意大利]安东尼奥·波拉约奥洛(1429—1498),文艺复兴时期著名画家、雕塑家,他的作品多以宗教和神话故事为题材,其中很多作品被意大利乌菲齐美术馆和英国国家美术馆收藏。

收藏地:意大利佛罗伦萨乌菲齐美术馆。

作品简介:哇!这个高举大棒、头顶狮子皮的人是谁?正是大英雄赫拉克勒斯呀!这幅作品展现的就是大力士赫拉克勒斯执行第二个任务时的战斗场面。面对九头蛇许德拉最大的那颗不死之头,大力士一手死死地抓住蛇身七寸心脏的位置,一手举起武器准备给许德拉最后一击！他的表情虽然面露恐惧与疲惫，但又充满胜券在握的自信。

　　赫拉克勒斯是力量、勇气和智慧的化身，他的身体轮廓非常清晰，身材比例完美。你们知道吗？波拉约奥洛在创作这幅作品时，首先对人体解剖学进行了系统的研究，以至于他画笔下的人物无论肌肉的体积还是其表现出的力量感，都达到了饱和的状态，让人感到似乎可以随时爆发出强大的能量。

图片来源：WikimediaCommons
https://commons.wikimedia.org/wiki/File:Antonio_del_Pollaiolo_-_Ercole_e_l%27Idra_e_Ercole_e_Anteo_-_Google_Art_Project.jpg

跟着名著去探秘
你知道埃及的狮身人面像吗

小朋友,读完《英雄的选择》这个故事,喵博士又要带你跟着名著一起去探索一些秘密。在这里我们要探索的秘密是:你知道埃及的狮身人面像吗?

在故事里,我们提到了巨人提丰和蛇妖厄喀德那生了很多邪恶而又强大的怪物,其中一个就是狮身人面的斯芬克斯。这个狮身人面的怪物可是非常出名的怪物,现在我们就来讲讲这个有名的怪物。

狮身人面的斯芬克斯在很多国家的神话故事里都出现过。他最早应该是出现在古埃及的神话故事里,后来,在希腊神话和亚洲的神话里,也都有他的身影。

关于这个怪物,最有名的是什么?那当然是全世界最著名的景点之一——埃及的狮身人面像!下面的照片中,就是埃及的金字塔和狮身人面像。

图片来源:Wikimedia Commons
https://commons.wikimedia.org/wiki/File:Sphinx_of_Gizeh.jpg

金字塔是埃及法老的陵墓。小朋友知道法老是什么吗?法老在古代埃及是对国王的称呼。狮身人面像据说是四千多年前一位叫哈夫拉的埃及法老命人修建的,负责守护哈夫拉的陵墓。

这座狮身人面像是用石头雕刻的,狮子的身体趴在沙地上,两只爪子朝前伸着。狮子长着人的脸,据说这张脸啊,是按哈夫拉法老的脸雕刻的。那么这座狮身人面像有多长呢?如果把他的爪子一起算上的话,整座石像全长72米。小朋友有没有参加过50米或者100米的赛跑?你可以对比一下,72米应该是多长的距离。那这座石像有多高呢?它的高度足足有20米,也就是我们现在六七层楼那么高。它的一只耳朵就比一个成年人的身高还高。

狮身人面像在建成后的四千多年里,不止一次被埋进了沙漠里。据说,三千多年前,古埃及的一位王子曾经在沙漠里做了一个梦,梦见了他们的一位守护神——荷鲁斯神。这位荷鲁斯神长着老鹰的头、人的身子。荷鲁斯神对王子说:"我被埋在沙漠里太长时间了,你如果能帮我清理掉这些沙子,我就让你成为埃及的国王。"王子醒来之后,四处寻找神的踪影。最后,他发现了这座狮身人面像,并把它从沙子底下挖了出来。后来,这位王子果然当上了国王,他就是古埃及的法老图特摩斯四世。现在,这座狮身人面像的两只爪子中间，还能看到一块残存的石碑，上面就记录着这位王子做的梦，还有他当年把石像挖出来的事情。

不过，狮身人面像被挖出来以后，又被沙子重新埋起来了好多次。在八九十年以前，考古学家再次把狮身人面像身上的沙子清理干净，它才像现在这样，完全露出地面。

前面我们说过，斯芬克斯是先出现在古埃及神话里的，然后才又传播到其他地区。在古埃及，斯芬克斯是法老陵墓守护者，也是神的象征，可是流传到古希腊之后，斯芬克斯就变成了可怕的怪物。在希腊神话里，有一个关于他的很有名的谜语故事。传说斯芬克斯每天坐在忒拜城附近的悬崖上，拦住过路的行人，问他们一个谜语。如果他们答不上来，就会被斯芬克斯吃掉。

这个谜语是这样的："什么动物早晨用四条腿走路，中午用两条腿走路，晚上用三条腿走路？"喜欢脑筋急转弯的小朋友，你能猜出答案吗？后来，一个名叫俄狄浦斯的青年路过这儿，解开了谜题。其实答案很简单，那就是"人"！人刚出生时，还不会走路，只能在地上爬，那就是用四条腿走路。刚出生的时候，是不是可以比作早晨呢？等人长大以后，用两条腿走路。再等到老了，走不动了，拄上一根拐杖，就变成了三条腿！

据说，斯芬克斯看俄狄浦斯竟然答对了自己的谜语，感到无地自容，就从悬崖上跳下去，摔死了。从那以后，人们就把那些神秘的、难以理解的谜题称作"斯芬克斯之谜"。

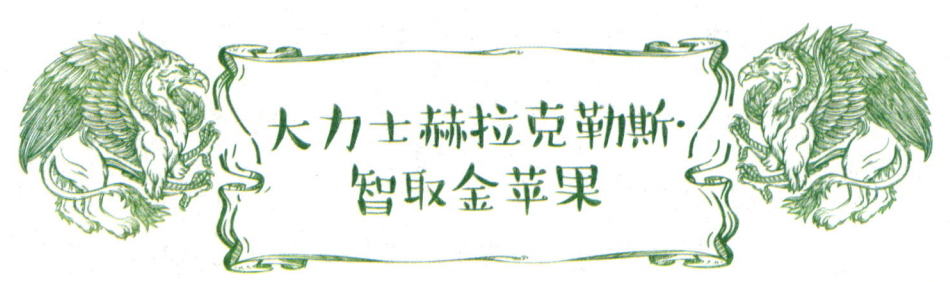

大力士赫拉克勒斯·智取金苹果

赫拉克勒斯完成了前两个任务。很快，他又领到了接下来的两个任务，一是活捉神鹿，二是制服凶狠的野猪。他都做到了。

但他的第五个任务却让人哭笑不得，居然是为一个国王打扫牛棚。那是厄里斯的国王奥革阿斯，他在王宫前的牛圈里养了三千多头牛，但他竟然三十年来都没清理过牛粪，牛圈里的牛粪啊，简直堆得像小山一样。赫拉克勒斯的任务，是要在一天之内把这牛圈打扫干净。这怎么可能呢？况且，让一个大英雄去做这些事，简直就是小瞧他嘛。

但是没办法，按照神的指示，赫拉克勒斯不得不接受这个任务。他来到国王奥革阿斯面前，说自己要在一天之内替他把牛圈打扫干净。国王奥革阿斯打量着这位穿着狮子皮的勇士，哈哈大笑起来，心想：这小伙子也太不知天高地厚了吧！这么多的牛粪，别说一天了，就算给他一年时间也未必能做到。

于是，国王奥革阿斯半开玩笑地说："好啊，外乡人，如果你真的能在一天内把我的牛圈打扫干净，那我就把我牛群的十分之一都送给你。"赫拉克勒斯一听这话，很是高兴："不错啊，完成任务了还有奖品！"于是，他找来奥革阿斯的儿子做证，接着便去了牛圈。

不过他并没有马上拿起铁锹来铲牛粪，而是绕着牛圈转了几圈，仔细观察周围的情况。他发现牛圈附近有两条河，一条妙计涌上了心头。"有了！"他欣喜地低呼了一声，接着便分别在牛圈的两端挖了两个洞，并凿出了水沟，从河里引水。河水从牛圈的一端流进去，又带着牛粪从另一端流了出去。没多久，山一样高的牛粪就被冲干净了。

周围的人都惊呆了。国王奥革阿斯听说了这个结果，立刻反悔了，不愿意把之前承诺的牛送给赫拉克勒斯。赫拉克勒斯生气地找法官评理，还请来国王的儿子做证。国王的儿子承认父王曾经答应要把十分之一的牛奖励给赫拉克勒斯，这下可把国王气得鼻子都歪了。国王把儿子和赫拉克勒斯都赶出了自己的国家。但不管怎样，赫拉克勒斯的第五个任务也完成了。

第六个任务是驱赶湖面上的怪鸟，第七个任务是驯服克里特岛上经常惹祸的野牛，第八个任务是带回品种优良的烈马，用来繁殖千里马。完成这八个任务后，赫拉克勒斯就参加了伊阿宋他们夺取金羊毛的行动。不过，中途他落在了一座小岛上。经历了长久的漂泊后，他又完成了自己的第九个任务。这个任务是拿回阿玛宗女儿国国王的腰带，阿玛宗女儿国的女人们也就是我们之前说过的亚马孙人。这样一来，伟大的赫拉克勒斯只剩最后一个任务啦！

欧律斯透斯根本不给赫拉克勒斯休息的时间,立马布置了第十个任务,他想:这次一定要让赫拉克勒斯死在执行任务的过程中。

这次的任务是要赫拉克勒斯去抓一个巨人的牛。这些牛由三头六臂的巨人和双头狗看守着。这一回,赫拉克勒斯的对手可是非常强大的。经过一番苦战,赫拉克勒斯又胜利了。

十个任务都完成了,但欧律斯透斯却耍赖了,他非说其中的两个任务不算数,硬要赫拉克勒斯再多完成两个。赫勒克勒斯有些无奈,但想想这些任务也是在为民除害,就同意了。于是,他又多领了两个任务。

第十一个任务是取金苹果。宙斯和赫拉结婚的时候,众神都给这对夫妻送了礼物。地母盖娅送的礼物是一棵金苹果树。这些金苹果是非常珍贵的宝贝,夜神的四个女儿被派来看守这棵苹果树,巨龙拉冬也帮着她们一起看守。巨龙拉冬有一百个头,他永不睡觉,眼睛紧紧盯着金苹果树,嘴里呼哧呼哧的喘气声震耳欲聋。

没有人知道这棵金苹果树到底在哪里。赫拉克勒斯漫无目的地出发了。他边走边打听，在经历了很多磨难后才终于知道了金苹果树的大概位置。他在寻找金苹果树的路上，解救了一位非常伟大的神，那就是普罗米修斯。

你还记得普罗米修斯吗？就是那位创造了人类的神，他为了帮助人类而偷盗圣火，后来被宙斯惩

罚，绑在高加索山上。英勇的赫拉克勒斯解开了普罗米修斯身上的链子，这位人类之父终于自由了。普罗米修斯告诉他："你虽然力量强大，但却不是巨龙的对手，你可以让阿特拉斯替你去拿。"阿特拉斯是当年反抗宙斯的泰坦神之一，失败后被宙斯罚去扛天空，也就是把天空扛在肩膀上，不让天掉下来。赫拉克勒斯不是逞强的人，他知道普罗米修斯给的是最好的建议，所以他谢过普罗米修斯后就去找阿特拉斯。

赫拉克勒斯找到阿特拉斯后，对他说："尊敬的阿特拉斯，我想拿到果园里的金苹果，这么难的事只有您能做到。是普罗米修斯指引我来的，希望您帮帮忙，我可以替您扛一会儿天空。"阿特拉斯听到有人夸他，很是高兴，他得意地说："哼，算你小子有眼光，知道只有我才能拿到金苹果。来，你帮我扛一会儿天，我去帮你摘金苹果。"赫拉克勒斯从他肩膀上接过天空，阿特拉斯就去摘金苹果了。

阿特拉斯算是巨龙拉冬的邻居，巨龙对他很熟悉。

所以当阿特拉斯来到果园附近时，巨龙并没有警惕起来。阿特拉斯先是念咒语让巨龙睡了过去，接着又引开看守的仙女，轻轻松松地从树上摘下了三个金苹果。他带着金苹果回到赫拉克勒斯身旁，把苹果扔了过去，然后活动活动自己僵硬的肩膀，感叹道："不用扛着天空的感觉真是太好了，我好久都没有这么轻松舒坦了。"他不想再接过赫拉克勒斯肩上的天空。

赫拉克勒斯扛着天空，累得满头大汗，看阿特拉斯耍赖想走，着急坏了。不过，智慧的普罗米修斯之前就已经预测到会发生这样的事，所以提前教了赫拉克勒斯该怎么办。赫拉克勒斯冲着阿特拉斯大喊一声："嘿！等等，我可以替你扛着天空，不过你能不能先来替我扛一会儿，我想找块垫子垫在肩膀上，不然我的脖子要断了。"阿特拉斯看赫拉克勒斯的确辛苦，就傻乎乎地答应了。

赫拉克勒斯把天还给阿特拉斯后，深深地鞠了一躬说："阿特拉斯，谢谢你帮我摘下金苹果，但我们当初说好的,我只替你扛一会儿天空。所以这么重要的责任还是得由你来承担。谢谢你,我走了。"听到这话,阿特拉斯气得大喊:"你给我回来!"但他也只能眼睁睁地看着赫拉克勒斯离开。

欧律斯透斯吃惊地看到赫拉克勒斯居然真的拿来了金苹果。他其实并不是真的想要金苹果,就把它们还给了赫拉克勒斯。赫拉克勒斯便把金苹果献给了雅典娜女神。女神怕这样的宝贝留在人间会惹出灾祸,于是把金苹果又放回了原处。就这样,金苹果绕了一圈,最后回到了它原来的果园里。但赫拉克勒斯的名字,却因此更加响亮了。

欧律斯透斯见自己给赫拉克勒斯的这些任务,不仅没让赫拉克勒斯丧命,反而使得他美名远扬,成了人人赞颂的英雄,心里十分不悦。现在,只剩最后一次机会了,他暗下决心:这次一定不能让赫拉克勒斯活着回来。

于是,他冷笑着对赫拉克勒斯说:"现在我给你布置第十二个任务吧,也是最后一个任务了。你去地狱把冥王哈得斯的看门狗带过来。"周围的侍从听到这个任务，个个大惊失色。这个任务太可怕了！那条狗号称是地狱恶犬，也是巨人提丰和蛇妖厄喀德那的孩子。它有三个头，尾巴却是龙尾。它总是阴险地张着大嘴，流着剧毒的口水，人沾上一点就会瞬间死去。且不说这条狗有多可怕，冥王哈得斯也不会允许有人随便带走他的东西。要知道，去地狱的路上可是有无数的妖魔鬼怪，赫拉克勒斯能完成这最后的任务吗？

跟着名著去探秘
希腊神话里的"擎天柱"

小朋友,喵博士要带你跟着名著一起去探索一些秘密。这次要探索的秘密是:希腊神话里的"擎天柱"。

前面的故事里,我们讲到大力士赫拉克勒斯领到一个任务,去摘金苹果。后来在巨人阿特拉斯的帮助下,才成功拿到了金苹果。故事里说,阿特拉斯是负责扛着天空的神,接下来我们就讲讲他的故事吧。

你应该知道,《变形金刚》里汽车人的首领名叫擎天柱,他善良又富有智慧,一直领导着大家勇敢地和坏蛋做斗争。"擎"是支撑的意思,而"擎天柱"从字面上理解,就是支撑着天空的柱子。《变形金刚》

里的擎天柱虽然叫这个名字，但却并不是真的脚踩着地，头顶着天，也没有真的把天空扛起来。可是希腊神话里的巨人神阿特拉斯就不一样了。

阿特拉斯是一位泰坦神，之前曾经参与过反抗宙斯的大战。其他泰坦神被宙斯关起来了，而这位阿特拉斯则被宙斯惩罚做别的事，那就是每天用肩膀扛着天空。这可是名副其实的擎天柱呀！他本来想在大力士赫拉克勒斯找他帮忙时，趁机把扛天的苦差事扔给赫拉克勒斯，结果却没成功，只好自己继续在世界的尽头做着这个苦力。

阿特拉斯在希腊神话里，并不是什么主角，但是他的名字却经常出现在我们现在的生活中。阿特拉斯的名字在英语里写作"Atlas"。在这里，喵博士想考你一个小问题，你知道大西洋吗？大西洋是海洋的名字，它是地球上的四大洋之一。你去地图上找找看，大西洋到底在哪里？喵博士再考你一个问题，大西洋的英文名称是什么呢？

我来揭晓答案啦，大西洋的英文名称是Atlantic或者Atlantic Ocean。"Ocean"翻译成中文就是"海洋"的意思。你有没有觉得，"Atlantic"和阿特拉斯的英文名"Atlas"很相似啊？没错，大西洋的英文名Atlantic就是由阿特拉斯的名字发展来的。也许是因为，传说阿特拉斯生活在世界的尽头，欧洲人看到浩瀚无边的大西洋，就觉得那里是世界的尽头了。

除了大西洋是用阿特拉斯的名字命名的，在非洲还有一座以阿特拉斯为名的山。还记得珀耳修斯制服女妖美杜莎的故事吗？珀耳修斯制服美杜莎之后，刚好路过阿特拉斯的地盘。珀耳修斯已经走了很久的路，又累又渴，想在阿特拉斯这里休息一会儿，阿特拉斯却拒绝了他的请求。珀耳修斯一怒之下，从袋子里取出美杜莎的脑袋，让美杜莎的眼睛对准了阿特拉斯。可怜的阿特拉斯，一看到美杜莎的眼睛，就变成了冰冷的石头。阿特拉斯的身体实在太巨大了，据说，他的四肢变成长长的山脊，头变成高高的山峰，胡子和头发变成了茂密的森林，于是就成了现在的阿特拉斯山。阿特拉斯山在非洲的西北部，横跨摩洛哥、阿尔及利亚、突尼斯这三个国家。小朋友能在地图上找到这几个国家吗？

除了大西洋、阿拉特斯山，还有个单词也是用阿特拉斯命名的呢，那就是地图册，英文单词是 atlas，和阿特拉斯的英文名一模一样。在五百多年前，一位著名的地理学家画了一本世界地图册，他想给这本地图册取一个与众不同的名字。叫什么好呢？他冥思苦想了好几天，突然想到了这位在世界尽头扛着天的巨人，于是，就给地图册起名叫 Atlas，还把阿特拉斯背负天空的图像画在地图册的封面上。从那以后，许多地理学家都效仿他，把阿特拉斯的名字和画像用在了自己的地图册上，"Atlas"这个词也就渐渐演变成了地图册、地图集的意思。

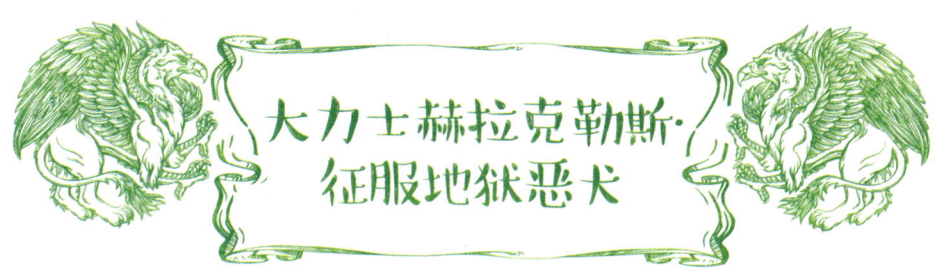

大力士赫拉克勒斯·征服地狱恶犬

赫拉克勒斯接到的最后一个任务是：带回地狱的看门狗，也就是地狱恶犬，名叫刻耳柏洛斯。

赫拉克勒斯毫不畏惧地出发了。他来到通往地狱的入口。神使赫耳墨斯在一片漆黑中引导他走到冥界。无数阴魂在那儿游荡着，他们一看见活人，吓得掉头就跑，但唯独妖女美杜莎的灵魂直直地向他们冲了过来。赫拉克勒斯拔出剑就要战斗，赫耳墨斯却拉住他说："不用了，这些灵魂不过是些虚幻的影子而已，不会伤害你，同样，你的利剑也伤不了他们。"赫拉克勒斯这才把剑收了回去。赫耳墨斯把他送到冥王宫殿的附近，就和他告别了。

赫拉克勒斯一个人继续往前走，竟然看到自己在人间的朋友忒修斯。小朋友还记得忒修斯是谁吗？就是那位到弥诺斯的迷宫里大战怪牛的雅典王子。他陪着一位朋友来冥界，想做一件惊天动地的事——他的那位朋友，竟然想要向冥后表白。冥后可是冥王的妻子啊！冥王震怒，把他们一起锁在了路边的大石头上。他们看到赫拉克勒斯走过来，仿佛看到了救星，惊喜地说："快，救救我们。"

赫拉克勒斯先把忒修斯救了出来。但准备救另外那个人的时候，大地突然震动了，赫拉克勒斯根本没法接近他。看来是冥王要阻止任何人救他。没办法，赫拉克勒斯只好放弃，继续往前走。

没多久，一个冷酷高大的男人挡住了他的去路。男人阴郁的眼神里透出一股霸气，连英勇无敌的赫拉克勒斯都忍不住打了个寒战。这人就是冥王哈得斯。赫拉克勒斯很快恢复了平静，他向冥王说明了自己的来意。冥王哈得斯皱着眉想了想说："这要凭你的本事了。不过，不许使用你带来的武器。"说完,冥王就消失了。赫拉克勒斯不知该如何是好,只好皱着眉头继续前进。

过了一会儿,他看到不远处有六只绿幽幽的眼睛瞪着自己。虽然看不清那东西的整个轮廓,但他猜应该就是有着三个脑袋的地狱恶犬。恶犬汪汪叫着,凶恶地示威,他们小心地互相盯着对方,都不敢轻易出手。

突然,赫拉克勒斯找准机会冲上前去,一把抓住狗腿,恶犬猝不及防地倒下了。赫拉克勒斯再迅速骑在恶犬背上,勒住恶犬的喉咙,让它没有办法咬到自己。恶犬只好用长长的龙尾啪啪地拍打着赫拉克勒斯的背,打得他血肉模糊。赫拉克勒斯忍着剧痛,始终不放开勒住恶犬的双手。终于,恶犬喘不过气来,开始翻白眼,它止住龙尾不再拍打,做出投降的姿势。赫拉克勒斯快速给它戴上枷锁,这才松了口气,坐到地上。

他把地狱恶犬带回去给欧律斯透斯。欧律斯透斯简直不敢相信自己的眼睛,他被恶犬吓得连连后退,惊呼道:"好好好,你完成了所有任务,快、快把这怪物送回地

狱吧。"

赫拉克勒斯把恶犬送回地狱后,就离开了欧律斯透斯的王国,他终于不用再受欧律斯透斯的摆布,可以干自己想干的事情了。宙斯在天上看到了一切,他对自己的这个儿子非常满意。

之后,赫拉克勒斯到各个国家游历,继续帮助百姓解决各种难题,他的英雄名号传得更响了。

这期间,他来到一个叫卡吕冬的王国,娶了一位叫得伊阿尼拉的公主,幸福地生活着。有一次,夫妻二人去拜访朋友,路上有条大河,一位名叫涅索斯的半人马在这里收钱背人过河。赫拉克勒斯当然是不需要人马背的,但妻子得伊阿尼拉需要。于是,得伊阿尼拉就由半人马涅索斯背着过河了。河过了一半,半人马涅索斯贪恋得伊阿尼拉的美貌,竟然要非礼她,吓得得伊阿尼拉高声尖叫了起来。

已经到河对岸的赫拉克勒斯回头一看,自己的妻子正在被欺负,他拿起弓箭就向半人马涅索斯射去。涅索

斯中箭倒下了！赫拉克勒斯的箭头，曾经抹过九头蛇许德拉的毒血，所以涅索斯是必死无疑了。

涅索斯临死前，用虚弱的声音对背上的得伊阿尼拉说："听我说！你是我背的最后一个人，我会给你些好处。"听到这话，得伊阿尼拉不动了，她有些好奇涅索斯所说的好处是什么。涅索斯挤出一丝笑容说："你看到我的伤口没有？血就快凝结成块了。你收好我伤口中流出的最后一滴血，这是一种魔药，把它涂在衣服上让你丈夫穿上，他就会永远爱你、永不变心。"得伊阿尼拉将信将疑，但还是把最后一滴血装起来带走了。

之后，赫拉克勒斯继续到处建功立业。有一回，他去讨伐曾经侮辱过自己的俄卡利亚国的国王，并且大获全胜。他留在路上祭拜天神宙斯，却让仆人先带着战利品回了家。跟着仆人回来的，还有一位美貌的女子。

赫拉克勒斯的妻子听仆人说，自己的丈夫竟然深爱着这位女子，她顿时失去了理智。突然，她想到半人马涅索斯临死之前对她说的话，也想起了自己带回来的那滴血。她相信那滴血是一种魔药，能让丈夫永不变心。她颤抖地拿出为丈夫准备的一件华丽衣服，又用白羊毛蘸着魔药涂在衣服上。完成后，她叫来丈夫的仆人，对他说："这是我为赫拉克勒斯准备的衣服，你一定要亲手交给他，让他穿上。"仆人快马加鞭地把衣服给还在路上的赫拉克勒斯送去。儿子许俄斯听说父亲要回来了，也激动地去路上迎接父亲。

可是过了几天，赫拉克勒斯的妻子没等到凯旋的丈夫，却等来了怒气冲冲的儿子。儿子许俄斯愤怒地对母亲大吼道:"我的母亲啊!你竟然如此恶毒,我宁愿你不是我的母亲。父亲穿上你送的衣服就开始发狂,他痛苦地直打滚,现在已经奄奄一息了。你、你为什么要杀他?!"

赫拉克勒斯的妻子得伊阿尼拉吓得脸色惨白,她从来不知道魔药会让丈夫死去。她失魂落魄地走到卧室,拿起剑结束了自己的生命。家中陷入了一片悲伤的气氛中。仆人们劝解许俄斯说:"你的母亲不是故意的。是半人马涅索斯欺骗了她,他说过这东西可以用来挽回丈夫的心。"

许俄斯这才知道错怪了母亲,他想道歉,却再也唤不醒母亲了。这时候发狂的父亲也回来了,他自言自语地咆哮着:"赫拉克勒斯啊,你曾经干过多少伟大的事,打败过多少凶恶的敌人,现在却死在一个女人手里!儿子,你要为我报仇啊!"

许俄斯哭泣着把事情的经过告诉了父亲。赫拉克勒斯满头大汗、痛苦地说:"造化弄人啊,谁能想到我是这样死的呢？许俄斯，带我到俄塔山上去，神谕说我将在那里结束生命。"

许俄斯哭着率领仆人把父亲送到俄塔山的山顶，准备在那儿火化赫拉克勒斯。柴火刚点燃，天地间突然轰隆隆雷声大作，一团云飘落下来，包裹着赫拉克勒斯飞上了天空。众人往火柴堆里一看，什么都找不到了。

赫拉克勒斯去哪里了呢？因为他立下了太多丰功伟绩，所以被天神召唤到天庭，重新活了过来，并且获得了不死之身，成为众神中的一个。

小朋友，英勇的大力士赫拉克勒斯的故事，我们就讲到这里了。接下来，我们要讲一场因为绝世美女而引起的战争，到底是怎么回事呢？小朋友，我们后面再接着讲吧。

《赫拉克勒斯的任务》

作者：不详。

收藏地：意大利罗马国家博物馆（阿尔腾普斯宫）。

图片来源：Wikimedia Commons
https://commons.wikimedia.org/wiki/File:Twelve_Labours_Altemps_Inv8642.jpg

作品简介：这是一具石棺上面的浮雕，小朋友已经读过了赫拉克勒斯完成十二项任务的故事，再理解这座浮雕就容易多啦！我们知道，赫拉克勒斯一共完成了十二项任务，这座浮雕展现了其中的九个，从左到右依次是：涅墨亚狮子、九头蛇许德拉、厄律曼托斯野猪、刻律涅神鹿、希波吕特的腰带、斯廷法利斯湖怪鸟、清理肮脏的牛圈、克里特岛公牛和带回千里马。

你知道吗？这种石棺在古罗马时代是贵族的象征，只有特别有钱或有地位的家族才能拥有，现在成为了我们了解神话故事的重要线索，它们都是特别珍贵的文物。

写故事的魔法棒
这几个成语你学会了吗

小朋友,读了大力士赫拉克勒斯的故事,喵博士要再来讲讲写故事的魔法。

在《英雄的身世》那篇故事后面,我们聊了几个很精彩的成语。其实在这篇故事里,也藏着好几个成语呢。我们来玩一个找成语的游戏吧,我来列出句子,你帮我找到成语,好吗?

我们先来看第一句。赫拉克勒斯在冥界遇到忒修斯时,故事里讲了这么一句话:

他陪着一位朋友来冥界,想做一件惊天

动地的事——他的那位朋友，竟然想要向冥后表白。冥后可是冥王的妻子啊！

你知道这里面的成语是什么吗？对啦！就是"惊天动地"。看啊，天地都被惊动了，这动静大不大啊？所以，"惊天动地"就被用来形容某件事的声势、动静实在是太大了。

最早，是诗人白居易用这个成语形容李白的诗，说李白"曾有惊天动地文"。这是夸奖李白的诗歌写得太好了，连天地都惊动了。

那我们平时可以怎么用这个成语呢？我们来看看这句话："陈晓宇立志长大后要干一番惊天动地的事业。"看起来这位陈晓宇同学理想非常远大，想干一番特别大的事业。但也有人这么说："我没想过以后要做什么惊天动地的大事，只希望踏踏实实地把每件小事做好！"这样的心态，是不是也很不错呢？

其实还可以这么说："敌人的飞机来轰炸了，外面的炮火声惊天动地。"你看,如果要形容声势特别大,就可以用"惊天动地"这个成语啦!

刚刚这个成语很简单对吧?那么我们再来找下一个,大家来看这句话:

有一回,他去讨伐曾经侮辱过自己的俄卡利亚国的国王,并且大获全胜。

这里的成语是什么?对啦,是"大获全胜"。

你说,赫拉克勒斯到底赢了没有?他当然赢了。大获全胜的意思就是获得完完全全的胜利。那我们平时是不是也可以用到这个成语呢?

我们来看看下面这个句子:"我们的足球队刻苦训练,比赛时以5:0大获全胜。"哇!真棒,努力得到了回报,而且是5:0,这可是一场彻底的胜利啊。所以小朋友知道了吧,大获全胜就是赢得很彻底的意思哟。

前两个成语你都找出来了吗?如果找出来了,那你真是太棒了！如果没找出来，那更要开心啦，因为今天你又学到了两个有用的成语。

我们接着找第三个成语吧。得伊阿尼拉想挽回丈夫的心，就把魔药涂在丈夫的衣服上，让仆人送给丈夫。然后故事里讲了这么一句话：

> 仆人快马加鞭地把衣服给还在路上的赫拉克勒斯送去。

这里有个非常有画面感的成语，小朋友说是什么呀？没错，就是"快马加鞭"！这马本来就跑得很快了，再给它加上一鞭子，是不是更快了？所以快马加鞭的意思就是快上加快，加速前进。

我们已经找出来三个成语了，现在来说最后一个吧。你还记得故事里一个悲剧的场景吗？得伊阿尼拉知道自己竟然无意中毒害了自己的丈夫，悲痛欲绝，懊恼万分。故事里是这么说的：

她失魂落魄地走到卧室，拿起剑结束了自己的生命。

　　这里的成语是什么？对了，是"失魂落魄"。一个人如果连魂都丢了，就只剩下一具没有精神的肉体，你们想想，那会是什么样子？所以失魂落魄就是形容人极度惊慌，心神不宁，行为不正常，在这种情况下，一般是发生了不太好的事情。

　　例如："当爷爷知道奶奶的病情后，整个人失魂落魄的，眼里没有半点光彩。"爷爷因为奶奶的病，受到了很大的打击，非常伤心，就像是丢了魂似的。

　　在这篇故事里我们一共找出了四个成语，分别是惊天动地、大获全胜、快马加鞭和失魂落魄。我们给别人讲故事的时候，如果用上成语的话，就会更精彩。

木马计（上）

木马计，在希腊神话里是非常有名的一个故事，它是希腊人在特洛伊战争中使用的一个计谋。你知道吗？特洛伊战争的起因，是一件看起来非常不起眼的事，我们现在就从头讲起吧。

小朋友还记不记得，之前天后赫拉联合海神波塞冬以及太阳神阿波罗造反后，众神之王宙斯是怎么惩罚他们的吗？没错，赫拉被吊起来示众，波塞冬和阿波罗则被罚下人间做奴隶。

波塞冬和阿波罗被罚下人间之后，来到了新建成的特洛伊城。城外，一群人簇拥着一个衣着华丽、手执权杖的人，这人正皱着眉在城外走来走去，一会儿看看四周，一会儿又敲敲墙壁。

波塞冬好奇地拉住一个人问："嘿，这人是谁呀，干吗要在城外走来走去？"那人老实地回答说："这是我们的国王拉俄墨冬，大家一起建好了城池，可国王怎么也不满意，嚷嚷着要建一堵高高的城墙把城池保护起来。"

波塞冬不以为然地说："我还以为什么事呢，不就是建城墙吗，这有什么难的……"那人一下子恼怒起来，斥责他说："哼！你和国王一样异想天开、冷酷无情，建城池已经死了好多人了，修建城墙又是一项巨大的工程，老百姓哪里还经得起折腾？不行，坚决不行！"波塞冬没接话，阿波罗笑着安慰那个人说："是啊，我这位朋友养尊处优惯了，哪里知道民间疾苦呢？我看就应该把他拉去做苦工，让他尝尝受苦的滋味。"波塞冬愤怒地瞪了一眼阿波罗，阿波罗则毫不在意地继续往前走。

天上的宙斯看波塞冬和阿波罗在人间还是这么逍

遥，当然不乐意了，恰好瞥见那个残暴的特洛伊国王拉俄墨冬强迫虚弱的老百姓们搬石头建城墙，于是就有了主意。宙斯给悠闲的阿波罗和波塞冬降下神谕，命令他们去给国王拉俄墨冬干活。波塞冬听了后一脸不乐意："凭什么？我现在没了神力，和凡人没有区别，那些活保准累死我，不行，我不去。走，阿波罗，我们到其他地方去。"阿波罗虽然不觉得辛苦，但想想伟大的太阳神竟然要替人类干活，也太丢脸了。两个人对视一眼，撒开腿就跑，想着离特洛伊越远越好。

宙斯见他们想偷懒，冷笑一声，拿起霹雳权杖噼里啪啦地砸下去无数道闪电，打得波塞冬和阿波罗东逃西窜。愤怒的波塞冬咒骂道："该死的宙斯，等我恢复神力，一定要好好教训教训你。"话还没说完，天罗地网般的闪电又向波塞冬砸了过来，眼看他的肉身就要被劈坏了……危急时刻，阿波罗大喊："停！我们去特洛伊干活！"话音一落，天地间就恢复了平静，只见波塞冬脸色惨白、头上滴着豆大的汗珠。

两个人认命地返回特洛伊，主动向国王要求建城墙，并提出以一年为期限，修成之后国王要给他们相应的报酬。国王一听这两个人竟然主动要修城墙，当然开心了，不过贪婪的国王很快又打起了算盘，说："不行，修城墙的事一个人来干就行了，另一个人去放牧。"

波塞冬盯着得寸进尺的国王，恨得牙痒痒，就要冲上去揍他，阿波罗拦住他耳语道："算了算了，不要跟他一般见识，我们完成这一年的考验就可以回去了。"然后他又对国王说："好，答应你。我负责放牧，他负责修城墙，一年后我们再见。"

这一年里，波塞冬和阿波罗勤勤恳恳，认真负责，在特洛伊城外修起了坚固雄伟的高墙，草原上的牛羊也越来越多、越来越壮。总算满一年了，他们让国王来验收成果，国王看到城墙和牛羊后赞不绝口："我就知道自己没看错人，你们真是辛苦了。"

波塞冬高兴地说："谢谢国王称赞，既然完成了任务，就请把答应的报酬给我们，我们要回故乡去了。"

国王装傻道:"什么报酬啊,当初可没有说过报酬啊。"波塞冬一听这无耻的话,就要冲上去打人,他愤怒地说:"你个无耻的家伙,那么点报酬你都要抵赖?不守信用,我呸!"国王冷酷地命令道:"来人!这两人无理取闹,污蔑本王,本王看在他们有功的分上,就饶了他们的狗命。把他们绑起来扔到城外,永远不许回来。"士兵们把他们绑起来,一路押送到城外。

阿波罗安慰波塞冬说:"算了算了,别跟他计较了,那点报酬我们也看不上。"波塞冬没好气地说:"哼!你每天弹弹琴、放放羊,清闲又自在;可我每天挖土、搬石头,灰头土脸的,辛苦死了!无耻的国王却连那点报酬都要抵赖。这笔账我记着了,一定不会放过特洛伊人的!"在波塞冬大发雷霆的时候,特洛伊国王拉俄墨冬还在为自己的小聪明沾沾自喜呢,却不知道这会为他的国家带来多大的灾难。

特洛伊国王拉俄墨冬死后,他的儿子普里阿摩斯继承了王位。普里阿摩斯和妻子先是生下了大儿子。不久后,

王后又怀上了第二个孩子。分娩前夕，王后做了一个奇怪的梦，她梦见自己生下的竟然是一支火把，火把点燃了特洛伊城，整座城都被火焰吞噬，到处都是哭声……王后被噩梦惊醒，心怦怦直跳，她把这个不祥的梦告诉丈夫普里阿摩斯，丈夫皱着眉命人赶紧去找预言家来。预言家听了这梦后，吞吞吐吐地回答道："这……这梦预示着王后肚子里的这个孩子将会毁灭特洛伊啊！如果要避免这灾难，只能……遗弃这个孩子。"

国王和王后听了大吃一惊，惶惶不安，犹豫不决。等孩子生下来后，夫妻俩终于狠下心来，把孩子送到伊达山上，让他自生自灭。这个孩子叫作帕里斯。帕里斯后来被牧人收养，成了一个放牛娃。

有一天，海洋女神和一位希腊的凡人国王结婚，他们忘了邀请争吵女神。争吵女神非常生气，决定制造祸端，大闹他们的婚礼。争吵女神在婚礼上抛出一个刻有"献给最美丽的女神"字迹的金苹果，让在场的三位女神赫拉、雅典娜和阿佛洛狄忒争吵起来，因为这三位女神都觉得自己是最美的女神。她们不仅在海洋女神的婚礼上大吵大闹，而且闹到了天王宙斯那里。宙斯头疼不已，告诉她们，特洛伊的帕里斯有很好的审美力，让她们去找帕里斯当裁判。

三位女神找到帕里斯，她们拿出导致大家不和的金苹果，告诉帕里斯，如果他觉得哪位女神最美，就把金苹果判给谁。天后赫拉向帕里斯承诺王位和权力；智慧女神雅典娜向帕里斯承诺智慧和强大的战斗力；爱与美的女神阿佛洛狄忒则承诺，如果她能得到金苹果，就让世界上最美丽的女子嫁给帕里斯。帕里斯犹豫再三，最后选择了爱情，把金苹果交给了阿佛洛狄忒。赫拉和雅典娜大怒，她们发誓绝不会忘记今天受到的羞辱，一定要让帕里斯和特洛伊人为此付出惨痛的代价！

没多久，帕里斯因为机缘巧合，被重新迎回王宫，成为特洛伊城的王子。一天在议事的时候，国王普里阿摩斯悲伤地说："唉，我可怜的姐姐在很多年前被可恶的忒拉蒙抢到希腊，也不知道现在过得好不好。"提起姐姐，国王就红了眼眶，其他人也陷入了悲伤。王子帕里斯主动请缨，说要带上船队，把姑姑带回来。大家都怀疑地看着这个吹牛的家伙。但国王一方面太思念姐姐，另一方面也想锻炼帕里斯，就派给他一支船队，让他去希腊带回姑姑。特洛伊王子帕里斯能不能顺利带回姑姑呢，爱与美的女神又该如何兑现承诺呢？这一切又跟特洛伊战争有什么关系呢？小朋友，我们后面再接着讲吧。

写故事的魔法棒
怎样"凑字数"才能不被老师批评

小朋友,读完这个故事,喵博士又要教你们一个写故事的小魔法了。

你在上语文课的时候,是不是经常为写作文而感到头疼?好多小朋友都说,一到写作文,就不知道写什么,写完两三句话,就没话可说,只好凑字数。

我见过一个幼儿园的小朋友写的作文,特别可爱。她说:"有一只小兔子,在它家附近的地里种萝卜。它种了红萝卜、绿萝卜、白萝卜、青萝卜,等等。萝卜终于丰收了,它把萝卜送给了小猫家、小狗家、小鸡家、小熊家、小鹿家。"

幼儿园的小朋友就已经会写文章了，是不是特别厉害啊？我看到这篇文章的时候，觉得真是太好玩了，这位小朋友肯定很发愁，萝卜的颜色为什么只有那几种呢？不然就能再多写几个了。还有，小动物也不够用了，如果能把老虎、狮子这种凶猛的野兽也写上就好了。

低年级的小朋友是不是都有过凑字数的经历？今天，喵博士要来给你们放个大招，要教你们怎样凑字数，还不被老师看出来！

凑字数到底对不对呢？其实，会凑字数是写好作文的第一步。你要先能写出那么多字来，然后才考虑怎么写得更好，对吧？

不过，我要教的是比较高级的凑字数，能让你的小作文看起来内容很翔实，而且不会被老师批评说："你怎么又在凑字数！"

那么高年级的小朋友要不要凑字数呢？如果你也总是发愁作文字数不够，也可以来看一看今天的小魔法!如果你的作文已经写得很好了,那就希望你来挑挑我们的刺,看看你能不能把种萝卜、送萝卜这件事,写得更生动呢?

小朋友,你猜喵博士会怎么写刚才那位小朋友的文章?我呀,会先想象自己是那只兔子,然后再开始种萝卜。

于是,我会这样写:"今天天气很好,我打算种一些萝卜。种哪种萝卜比较好呢?我比较爱吃胡萝卜,可我妈妈比较爱吃白萝卜。平时都是妈妈照顾我,这回就让我照顾一下妈妈吧。所以,我打算多种一些白萝卜。"

小朋友,你看看,如果把心里想的这些内容都写出来,是不是已经好多字啦?

这还没结束呢,还可以继续往下写:"我在种萝卜的时候啊,妈妈回来了,她看到我种萝卜种得满头大汗,就拿了一块毛巾替我擦汗。我对妈妈说:'我不累,我不累!'妈妈问我:'你今天种的是什么萝卜啊？'我甜甜地笑着回答说：'我种了您最爱吃的白萝卜！'妈妈也笑了，她抱着我说：'宝贝长大了！'"

你看，就种萝卜这一句话，可以写出这么多内容。如果还要更多字的话，还可以继续往下写。例如，萝卜丰收了，小兔子把萝卜送给了小猫家、小狗家、小鸡家，等等。这一句话如果让你来写，又能写出多少字来呢？那你们再猜猜喵博士会怎么写呢。

我会这样写："萝卜总算丰收了，真是太好了！这么多的萝卜，我该怎么把它们一棵一棵地拔出来呢？我想到了平时总和我一起玩的好伙伴——小猫、小鸡、小狗，于是，我就喊他们帮我一起拔萝卜。小鸡和小狗都兴冲冲地来了，我们喊着口令：'拔呀拔呀拔萝卜！'就这样，我们忙了一整天，把所有萝卜都拔完了。虽然我们累得满头大汗，但是看着一个个大萝卜，心里却高兴极了。为了表示对小鸡和小狗的感谢，我送了他们好多萝卜，他们带着萝卜开开心心地回家了。不过，你们知道为什么小猫没有来吗？因为它生病了。

我想起上次萝卜叶子长虫的时候，还是小猫来跟我一起捉的呢。好朋友要互相帮助，所以我装了好多萝卜，送到小猫家，希望它炖点萝卜汤喝，病可以快点好起来。"

小朋友，看到刚才喵博士写的内容，你有没有发现，要想让作文字数变多起来，其实特别容易啊？你只要想象自己就是故事里的那个人，然后好好想一想，如果是你，你会想什么、说什么、做什么，故事里的其他人又会想什么、说什么、做什么。这样，不就可以写出好多好多字来了吗？

当然啦，我们并不是说，完成老师布置的作文，只要会凑字数就可以了。凑字数是第一关，等我们能写出很多字来了，就可以再来好好想想，怎么把这些文字写得更好吧！

好啦，我们这次的小魔法就讲到这里了，希望小朋友写作文的时候再也不用担心字数不够啦！

木马计（下）

特洛伊王子帕里斯率领船队出海去接姑姑，当他们途经斯巴达国时，帕里斯决定停下来休整一下。斯巴达的国王外出了，王后海伦接待了他们。

海伦可不是一位普通的王后，她有着倾国倾城的美貌，被认为是全天下最美的女人。她本是宙斯和凡人的女儿，但她的凡人母亲后来嫁给了斯巴达国王，海伦就成了斯巴达的公主。

海伦到底有多美呢？据说当她还是女孩的时候就因为过分美丽被人掳走过，幸好两个哥哥把她救了回来。长大后，她的美丽更加惊人，无数英雄为了她大打出手。

没办法，国王最后只能让海伦自己挑选丈夫，并且向所有求婚者郑重宣告：无论海伦最后选了谁，其他人都不能因为嫉妒而攻击那个人，而要与海伦的丈夫结成同盟。在所有的英雄都发誓后，海伦最后选中了身世显赫、英俊勇猛的墨涅拉奥斯做丈夫。后来，墨涅拉奥斯继承了斯巴达的王位，海伦则成了王后。

帕里斯对海伦的美貌早有耳闻，当他进宫见到海伦时，抬眼的瞬间就爱上了海伦。他在心里感叹："天底下竟然有如此美丽的女子！"他激动得心怦怦直跳，殷勤地为海伦演奏音乐，讲故事逗海伦笑，海伦也对他产生了好感。

回到船上后，帕里斯久久不能平静，满脑子都是海伦。突然，他想起了爱与美的女神曾经对自己说过的话！女神说过，要让全天下最美的女子嫁给他。女神说的女子，一定就是海伦！帕里斯血脉偾张。他忘了自己的使命，忘了国家间的礼仪，率领士兵们冲进王宫，掳走了海伦，还顺便抢走了王宫里的许多财宝。他们不知道，这个鲁莽的行为将会给整个特洛伊带来多大的灾难。

海伦的丈夫，也就是斯巴达国王墨涅拉奥斯暴跳如雷！他和哥哥动员希腊各个城邦的英雄豪杰，联合起来一起去找特洛伊人报仇雪恨，洗刷希腊人受到的羞辱。希腊各城邦的国王，很多都曾经是海伦的求婚者，当他们听到海伦竟然被无耻的特洛伊人掳走了，愤怒极了，纷纷加入希腊联军，发誓要踏平特洛伊！

希腊英雄们组建了一支浩浩荡荡的船队，跨过浩瀚的大海，向特洛伊进军。就这样，希腊联军和特洛伊开战了，战争打到第十个年头时，希腊联军毁灭了特洛伊的许多附属城市，可是最后的特洛伊城墙却怎么也攻不破，因为那是海神波塞冬的杰作。十年的苦战，让每一个希腊士兵都备受折磨。他们已经远离家乡整整十年了，父母说不定都去世了，孩子们也长大了。"回家乡去吧！"这是大多数希腊士兵心里的想法。可如果回去了，这十年的辛苦不都白费了吗？

就在大家一筹莫展的时候，希腊联军里有一个叫奥德修斯的将军，他受到预言启示，想出了一个好主意，他说："不如我们造一个巨大的木马留在这儿，挑选优秀的将士躲在木马里，其余人则假装撤退。骄傲自大的特洛伊人一定以为我们放弃了。到时候，我们再想办法让他们把木马当作战利品，拉回城里！只要木马进了城，胜利就不远了！""妙计啊，这可真是妙计！"将士们纷纷对这个计策赞赏不已。

希腊将士和工匠们齐心协力造木马。智慧女神雅典娜也在暗中帮助他们。要知道，帕里斯之前因为金苹果的事儿，可是得罪了雅典娜和天后赫拉。终于，一匹巨大的木马诞生了，它比特洛伊的城门还要高，看起来逼真极了，仿佛下一秒要飞奔起来。一些武功高强的英雄躲进木马里，其他人则放火烧掉所有的营帐，驾着船离开，伪装出撤退的假象。其实，他们躲在了不远的小岛上，等着留下来的同伴们给他们发信号呢。

海边的滚滚浓烟，吸引了特洛伊人的注意，他们登上城楼，放眼一望：希腊营地真是一片狼藉啊！帐篷拆了，壁垒塌了,海面上,几百只大船乘风而去。特洛伊人激动地大喊:"天哪!希腊人撤退了!"他们真以为希腊人退兵了,手舞足蹈地欢呼着,兴高采烈地冲出城门。

"咦,这儿有匹木马?"特洛伊人在城外发现了这匹巨大的木马。有人建议把木马当作战利品拉回去,但祭司拉奥孔却表情凝重地说:"不行,这恐怕是希腊人的诡计,还是毁了它吧。"一听这话,木马里的希腊人都要吓死了。但其他特洛伊人却说:"刚才我们抓到了一个希腊人的俘虏,他说这是献给女神雅典娜的礼物!他们特意把木马建得这么高大,就是为了不让我们把木马拉进城,这样女神才能保护那些坐船逃跑的希腊人!我们还等什么?等着女神保护他们吗?"原来,这个俘虏也是希腊人木马计的一部分,他自愿留下来当俘虏,诱骗特洛伊人上当。

但特洛伊的祭司拉奥孔似乎看穿了一切,他仍然极力反对把木马拉进城里。突然间,两条巨蛇从海里蹿了出来,扑向拉奥孔和他的儿子,把他们咬死了。这两条巨蛇正是雅典娜派来帮助希腊人的。

特洛伊人吓呆了，有人嚷嚷说："看吧！我说这是献给女神雅典娜的礼物，现在他要毁了木马，所以被女神惩罚了！我们还是赶快把木马拉进城吧。"这下所有人都信了，热火朝天地把木马拉进特洛伊城。但木马比城门还高，糊涂的国王以为希腊人不会回来了，竟然派人在波塞冬建造的城墙上打了个大洞，好让木马顺利地进城。

把高大的木马拉进城后，特洛伊人饮酒狂欢起来，大家都喝得烂醉，将士们个个东倒西歪，进入了梦乡。劝说特洛伊人把木马拉进城的那个俘虏悄悄走到木马前，他轻轻地敲了三下，这是他们事先约好的信号，表示时机已经成熟了。木马里的希腊士兵们悄悄地溜了出来，他们先去打开了城门，又登上城楼，向藏在不远处的希腊大军发出信号，希腊大军就这样悄无声息地进城了。酣睡中的特洛伊人还没明白是怎么回事，就成了希腊联军的俘虏。

就这样,希腊联军攻打了整整十年都没拿下的特洛伊城,被一条木马计轻松攻破了!

这场旷日持久的战争以希腊人的胜利而告终,从此,"特洛伊木马"成了挖心战的代称,用来比喻打进敌人心脏的战术。

《帕里斯和海伦之爱》

作者：［法国］雅克－路易·大卫（1748—1825），著名新古典主义风格画家，被认为是那个时代最杰出的艺术大师之一。他所创作的作品在西方艺术从洛可可转向新古典主义过程中具有划时代的意义，其代表作有《拿破仑一世及皇后加冕典礼》《跨越阿尔卑斯山圣伯纳隘道的拿破仑》和《马拉之死》，等等。

收藏地：法国巴黎卢浮宫。

作品简介：小朋友想不想知道爱神阿佛洛狄忒的爱情魔力有多么厉害、帕里斯与海伦的爱情有多么甜蜜呀？雅克－路易·大卫的这幅《帕里斯和海伦之爱》将他们的爱情表现得最为彻底——帕里斯一手抚琴，一手拉着海伦的小臂，深情脉脉地望着她；海伦则一脸陶醉，低头不语。两人的脸上泛着红晕，在静静地享受着这份欢愉。

图片来源：Wikimedia Commons
https://commons.wikimedia.org/wiki/File:Jacques-Louis_David_-_The_Loves_of_Paris_and_Helen_-_WGA6057.jpg

《帕里斯的选择》

作者：［意大利］马坎托尼奥·拉蒙蒂（1470—1534），以刻版画而闻名，一生大约创作了300幅版画。

收藏地：这幅铜版画有两个版本，分别收藏在大英博物馆和匈牙利布达佩斯艺术博物馆。

图片来源：WikimediaCommons
https://commons.wikimedia.org/wiki/File:Urteil_des_Paris.jpg

作品简介：这幅作品是一幅雕刻在铜版上的铜版画，原稿由"文艺复兴三杰"之一的拉斐尔设计，后由马坎托尼奥·拉蒙蒂于1515—1516年间完成。这幅作品所展现的就是帕里斯把金苹果交给了阿佛洛狄忒时的场景。画面中的人物很丰富，读了这么多故事，小朋友能不能认出一些来呢？让喵博士来给你们讲讲吧！

画面右上角有一头鹰，坐在它旁边向地面观望着的便是天王宙斯；画面上方驾驶着四马战车、头戴桂冠的就是太阳神阿波罗；

在他下方，飞在空中、给地面女子戴花环的就是胜利女神尼克；而被尼克献花环的那位女子，就是被小爱神厄洛斯抱着、正在接过金苹果的阿佛洛狄忒啦！站在她两旁的女子，大家已经知道了，是气急败坏的赫拉和雅典娜。赫拉眼见花落别处，愤怒之情溢于言表，她伸出手指向帕里斯，发誓要让帕里斯和特洛伊人为此付出惨痛的代价，而背对着我们的雅典娜，则已经准备穿上战袍、收拾武器，特洛伊战争一触即发！

跟着名著去探秘
"特洛伊木马"后来变成了什么意思

小朋友,木马计的故事结束了,现在,喵博士要带大家跟着名著一起去探索一些秘密。我们要探索的秘密是:"特洛伊木马"这个词后来变成了什么意思?

故事里,在特洛伊战争的最后,希腊联军使用木马计攻破了特洛伊城,赢得了战争的胜利。这个木马计的故事,发生在三千多年以前,"特洛伊木马"这个词却被人们一直沿用了下来。那你知道,后来的人们把"特洛伊木马"这个词演变成了什么意思吗?这个词后来就表示:打入敌人内部的间谍行动,或者是侵入别人电脑、手机里的病毒程序。

我们先讲讲第二次世界大战中发生的一个故事吧。有一场至关重要的间谍行动就曾经用"特洛伊木马"作为代号。小朋友知道第二次世界大战吗?在1939年,世界上爆发了一场残酷的战争,许多国家都被卷入了这场战争。一边是以德国为首的侵略者,也就是邪恶的法西斯。另一边则是反抗法西斯的其他国家。1943年,这场战争已经进行到了关键时刻,反抗法西斯的同盟军打算进攻法西斯控制的一座小岛,名叫西西里岛。这座岛非常重要,如果同盟军能把这座岛夺过来,就会给敌人造成重大的打击。

当时,法西斯有40万军队驻扎在岛上,而且有许多飞机,防守十分坚固,外部军队要想攻进岛内,简直比登天还难。同盟军的将领们冥思苦想。最后,他们受到特洛伊战争中木马计的启示,制订了一个"特洛伊木马计划"。这个木马计划,当然不是说也做一匹巨大的木马了。那他们是怎么执行这个木马计划的呢?同盟军找来了一具尸体,给他穿上了同盟军的军装,把他打扮成淹死的同盟军军官。接着又在他的背包里放进了假信件,信上写着:"同盟军表面上攻打西西里岛,其实是用来迷惑敌军的假象。同盟军真正的兵力早已调去攻打希腊和撒丁岛。"这封信为什么要这么写?你能猜到吗?其实,攻打西西里岛并不是假象,而这封信本身,才是一个假象。他们希望法西斯看到这封信以后,以为他们不是真的要攻打西西里岛,让法西斯放松对西西里岛的防守。

果然,没多久,法西斯发现了海面上漂着的这具尸体,也发现了背包里的信件。他们以为掌握了一个重大情报,连忙开始调兵遣将,把驻扎在西西里岛上的军队都调去了希腊和撒丁岛。就这样,同盟军轻松地攻占了西西里岛,对后来战争的胜利起到了非常重要的作用。这个"特洛伊木马计划"后来改了一个名字,叫"肉馅计划"。这个计划,是不是跟特洛伊战争中的木马计很相似呢?现在你们明白了吧?"特洛伊木马"后来常常被人们用来比作打入敌人内部、迷惑敌人的一种间谍活动。只不过，我们刚才说的那个间谍，是一个已经死掉的人。

但是到了现在，木马这个词和一个更可怕的词紧紧联系到了一起，那就是病毒。这病毒不是指身体上的病毒，而是指装在电脑、手机里的病毒。例如，有时候我们下载一款游戏到手机上玩，但这款游戏其实是坏人开发的。我们的手机一旦安装了这款游戏，坏人事先设置在游戏里的木马病毒就会进入到我们的手机里。这时候，坏人能在很远的地方，操控我们的手机做任何事。也就是说，我们可能根本就没动过手机，但是手机却已经自动在做某些事情，甚至有可能是给别人转钱。这是不是很可怕啊？当然啦，并不是所有游戏都是坏人开发的，也不是所有游戏里面都有木马病毒。我刚才只是举了个例子。但小朋友如果平时有使用电脑或手机的话，也要注意安全哟。不要浏览一些看起来很奇怪的网站，也不要随便下载奇怪的文件。特洛伊木马的传说很美好，但木马病毒是我们每个人都应该远离的东西。

好了小朋友，名著探秘就讲到这儿了，"喵博士讲希腊神话"这套书也正式结束啦。我们下一部作品再见吧！

读者互动

特洛伊战争在全世界都非常有名，一位盲诗人荷马写了一部堪称西方四大名著之首的著作——《荷马史诗》，详细记录和描述了这场战争。

在这场声势浩大的战争中，不仅人类英雄们在战场上气势冲天，而且希腊神话中的众多天神也参加了战斗，真是精彩极了！喵博士将这个荡气回肠的故事，改编成了另一部很受大家欢迎的作品——《给孩子的荷马史诗》，已经在"喵博士听听"微信公众号上与大家见面了，欢迎小朋友继续关注，我们不见不散哟！